생각이들다

『검댕이』 작가 이은희의 사진이 있는 수필집

생각이 들다

이은희 수필집

수필과비평사

저 · 자 · 의 · 말

독특한 생각이 돌기를

그리운 것을 찾아 무시로 길을 떠납니다. 길 위에서 수많은 물상을 스치지요. 일상으로 돌아와 길에서 스쳤던 물상을 떠올리는 습관이 있답니다. 그때의 느낌이 오롯이 떠올라 가슴이 뭉클하는 희열을 느낄 때도 있지만, 머릿속이 백지처럼 아무 생각이 나지 않을 때도 있습니다. 어렵게 얻은 시간인데 내 가슴에 남은 것이 없다고 생각하면 한없이 우울해집니다.

예전 내 모습을 떠올리면 안타깝습니다. 이름난 그곳을 누구랑 다녀왔다는 기억뿐이에요. 지금은 달라졌어요. 성곽 길을 걷다가 만난 장승을 보면서도 깊은 생각에 잠깁니다. 폭설에 쓰러진 소나무를 보고 장승을 떠올린 사람은 어떤 분인지, 무수한 표정 중 인상 쓰는 표정을 조각한 그의 마음을 읽고 싶어 강한 호기심이 일어납니다.

어디 그뿐인가요. 봄비 내리는 날 두모악 뜰을 찾았을 때입니다. 검은 돌담을 따라 그 위에 놓인 황토 빛 토우들을 바라보며 내심 환호성을 질렀습니다. 함께 간 지인들은 비를 피하여 전시장으로 들어가고, 나는 홀로 남아 토우들을 카메라에 담느라 여념이 없었죠. 그들의 표정과 모습이 꼭 인간의 군상 같아 눈을 뗄 수가 없었답니다.

얼마 전 그날도 비가 추적거리는 날이었어요. 대도시에 그리운 옛집이 남아 있을 줄 미처 몰랐습니다. 문화해설사의 설명은 귓등으로 흘리고, 처마 끝에서 떨어지는 낙숫물 소리에 귀를 기울였지요. 마당에 징검다리 돌과 뜰 앞에 이지러진 돌확, 그리고 닳아빠진 댓돌과 유리창으로 보이는 앞뜰의 모란과 뒤뜰의 푸른 담쟁이덩굴 등 나에겐 익숙한 것들이었죠. 유년시절 기와집에 살았던 그립고 그리운 풍경이 최순우 옛집에 고스란히 남아 있었답니다. 후인에게 한국의 미를 맥맥이 전할 수 있어 얼마나 다행스러운 일인지 모르겠어요.

그리운 것을 만나고 돌아온 날은 쉬이 잠들지 못합니다. 틈날 때마다 담아온 사진을 보고 또 보며, 그것만을 위하여 자나 깨나 심신을 불태웁니다. 눈맞춤으로 정이 들 즈음, 나의 손은 컴퓨터 자판 위를 신들린 듯 춤추며 그 대상을 말하고 있지요. 분주한 틈새로 파고든 물상은 아니 생각들은 나의 숨통을 틉니다. 참 아름다움은 보는 것만이 아닌 느끼는 진리의 갈피임을 알게 하지요. 이런 내 모습은 나와 인연이 된 물상과 소통을 위한 몸부림이며, 삶의 증거일 겁니다. 부디 언제 어디서나 독특한 생각이 돌기를 원합니다.

『검댕이』, 『망새』, 『버선코』에 이어 '사진이 있는 수필집' 『생각이 돌다』는 기도하는 마음으로 생각의 그릇에 담아 여러 날 삭힌 작품들입니다. 생각의 열매를 위하여 카메라 다루는 법을 배우고 익혀 글감에 드러난 대상을 담고자 노력했습니다. 아직은 아마추어 실력이지만, 독자에게 조금 더 쉽게 다가갈 수 있도록 사진을 덧붙입니다. 함께 호흡한다면 더할 나위 없이 행복하겠습니다.

2018년 초여름에 이오희

차례

저자의 말

1 · 생각이 돌다

바람이 남긴 것 · · · 14

생각이 돌다 · · · 22

드러누운 나무 · · · 29

우스갯소리 · · · 36

틈의 변 · · · 41

교두각시 · · · 47

살아 있는 화석 · · · 52

토우 · · · 56

2 · 골목길

옛집 · · · 64

예술이야 · · · 69

무작정 따라잡기 · · · 74

골목길 · · · 80

성곽 · · · 86

내가 몰두하는 것 · · · 93

잘난 놈 길들이기 · · · 99

숨은 목각상 · · · 103

양념 · · · 107

3 · 기도하는 소녀

잠 · · · 114

무심천 · · · 119

기도하는 소녀 · · · 124

도시의 노을 · · · 129

차이差異 · · · 134

숨비 소리 · · · 140

출산기 · · · 145

나목 · · · 150

4 · 길 떠나기

파수꾼의 휴가 · · · 158

아이들 세상 속으로 · · · 164

길 떠나기 · · · 169

가정의 꽃 · · · 176

뿌리 깊은 나무 · · · 182

키코 폭탄 · · · 188

바람꽃에 스러진 과수원 · · · 192

사랑합니다 · · · 198

출사지 정보 · · · 204

1 · 생각이 돌다

일상에서 남다른 생각과 그것을 행동으로 옮기는 예술인이 참 많다.
언제 어디서나 기발하고 독특한 생각이 돌기를 원한다.
삶에 자잘한 묘미를 베풀고 그것에 감동하는 그와 나는 정녕
행복한 사람이다.

바람이 남긴 것

모든 소멸하는 것에는 향기가 있다. 그것이 하늘과 땅 아니 어느 곳에 머물든, 어떤 연유로 스러지는지 알 수 없다. 분명한 것은 온갖 고통을 감내하며 그만의 독특한 향을 내며 사라져간다는 것이다. 내 주위에서 수많은 물상이 생성되고 소멸할 때 그 감각을 알아차린 게 얼마인가. 나 또한 훗날 자연의 일부분으로 소멸할 것을 알기에, 바람처럼 스러져 간 향을 불러본다.

풀향

매미가 자지러지게 울어대고, 소낙비가 간간이 훑고 가던 한여름.

밖으로 뛰쳐나가 눈으로 확인하지 않아도, 요란한 기계음이 아니어도 알 수 있다. 사무실 책상에 앉아 바람결에 실려 온 싱그러운 향을 온몸으로 느낀다. 풀 깎는 기계가 요란스레 스치면 잔디가 쓰러지며 토해내는 향내, 짙은 잔디 향이다. 이어 그림처럼 그려지는 풍경이 있다. 유년 시절 동네 이발소 아저씨가 머슴애의 머리를 시원스레 허연 길을 내놓듯, 잔디밭에 푸른 길이 나는 모습이 절로 그려진다.

잔디 향은 분명히 잡초와는 다른 향내다. 잔디는 풀물을 여기저기 튕기며 맥없이 쓰러져 칠팔월 태양 볕에 바짝 말라가리라. 물오른 푸른 잔디 사이로 마른 잔디가 희끗거릴 것이나, 그것도 잠시 흔적 없이 모습을 감출 게 뻔하다. 참으로 짧은 생이다. 여름 한 계절도 제대로 나지 못하고 바람처럼 스치는 게 잔디의 운명이다.

흙내

시골길을 덮은 흙먼지는 눈에 보이지 않을 정도로 미세하다. 하지만 그들이 뭉치면 그 위력은 크고 대단하다. 트럭이라도 스쳐 지나면, 큰 바람과 함께 자신의 실체를 드러낸다. 순식간에 대기를 뿌옇게 장악하다 서서히 사라진다.

흙먼지는 떠돌이, 아니 겁 없는 부랑자인가 보다. 그는 도로 제자리에 가라앉거나 주위 여건 가리지 않고 자신의 보금자리로 취해버리니 배짱이 두둑하다. 흙길을 거닐던 인간의 눈과 코, 입을 막게 하나 무방비 상태인 머리칼과 옷, 구두에 묻어 예상치 않은 여행을 떠나기도 한다.

돌연 먹구름이 하늘을 도배하고 돌개바람이 휘몰아치면, 메마른 흙길에 소나기가 '후두두' 훑고 간다. 마른 흙길은 순식간에 따발총을 맞은 듯 어두운 빛깔로 변하고 곱살 맞게 숨죽인다. 덩달아 따라오는 땅김과 훈훈한 향은 콩밭 매고 돌아오던 어머니의 옷에서 나던 특유의 비릿한 흙내. 아니 저수지에서 갓 잡은 붕어를 갖은 양념하여 푹 쪄낸 붕어찜을 먹고자 뚜껑을 열었을 때, 코끝에 '훅' 하고 퍼지는 비릿한 흙내, 바로 그 독특한 향이다. 이제 흙먼지 뭉게구름처럼 피어오르는 길도 어머니도 볼 수 없으니, 그 향을 어디서 찾으랴. 그리워지면, 붕어찜 잘하는 집으로 달려가야 할 듯싶다.

낙엽 향

마른 낙엽이 소복이 쌓인 오솔길을 걷는다. 소슬바람이 분다. 나뭇가지에서 낙엽들이 너울거리며 여기저기로 흩어진다. 나도 덩달아 환호하며 마른 잎을 따라 출렁인다. 손에 넣지 못한 낙엽은 아쉽게도 골짝 물 위로 사뿐히 내려앉는다.

그러다 순간 코끝에 감도는 건, 녹차 맛보다 진한 달곰쌉쌀한 향기.

청주시 우암산 오르는 길

낙엽이 스러지면서 마지막으로 뿜어내는 향이다. 내 발치에 쌓인 낙엽은 대부분 참나무 잎들이다. 엷은 갈색 빛깔로 물기가 바삭 마른 잎들은 안으로 배배 오그라져 있다. 살짝 밟기만 해도 바스락대며 부서진다.

조금 전 바람 따라 흐르던 낙엽을 손안에 넣고자 호들갑 떨었던 내가 아닌가. 바스락거리는 낙엽 소리를 듣고자 함부로 잎들을 짓밟던 욕구는 사라지고 겸허해진다.

고통을 선물하다

나이 드신 분들은 입버릇처럼 고통 없이 이승을 떠나고 싶다고 말한다. 정토마을에서 고통스러워하는 말기 암 환자를 보며 나도 그런 생각을 한 적이 있다. 몹쓸 짓을 많이 한 사람일수록 이승을 떠나기 어렵고, 간호하는 사람도 그 곁에 머무르지 못할 정도의 악취가 난다고 들었다. 도통 이해가 되지 않는 소리라고 고개만 갸우뚱거렸다.

얼마 전 내 생각을 뒤엎는 이야기를 들은 것이다. 지인이 바람처럼 흘린 말이 내 가슴을 찌르고 달아났다. 어느 기자가 소록도에서 오랜 의사 생활을 마친 그에게 나병환자 분들에게 해주고픈 말이 있느냐고 물었다. 의사는 그들에게 '고통'을 선물하고 싶다고 하였다. 나는 이이야기를 들었을 때 그 의미를 깨닫지 못했다. 그저 부족한 시설이나 의약품 정도를 떠올렸으니 알 리가 있으랴.

그는 왜 하필 하고많은 선물 중 고통을 주고 싶었던 것일까? 문득 한하운의 시詩 구절이 떠오른다. 아마도 그래서였으리라.

> 간밤에 얼어서/ 손가락 한 마디/ 머리를 긁다가 땅 위에 떨어진다.
>
> —「손가락 한 마디」 중에서

> 신을 벗으면/ 버드나무 밑에서 지까다비를 벗으면/ 발가락이 또 한 개 없어졌다."
>
> —「전라도 길」 중에서

나병은 손가락 발가락 마디가 끊어지는 감각을 모른다. 통증이 없으니 마음의 고통은 배로 크리라. 인간은 누구나 정신과 육체의 병을 앓거나, 노병으로 죽어간다. 그런데 사람들은 병중이 크든 작든 고통을 참다못해 '죽고 싶다'는 말을 함부로 한다. 자신도 모르는 사이에 손가락 한 마디가 떨어져 나갔다는 시를 만나면, 그 말은 입 속에서 맴돌고 말리라.

고통 없는 병이 제일 무서운 것 같다. 그리 보면 고통은 살아있음의 증거가 아닌가. 대자연이 수시로 그 이치를 가르치는데, 나만 우이독경牛耳讀經이었다. 이제야 조금은 알 것도 같다. 살아 숨 쉬는 모든 물상은 고통과 더불어 생의 한순간을 지나 바람처럼 죽음에 다다르는

(주)대원_ 잔디밭

것을.

　"잘난 청춘도 못난 청춘도/ 스쳐가는 바람 앞에 머물지 못하며……
우리네 인생도/ 바람과 구름과 다를 바 없는 것을."이라고 경허선사가
말했던가. 바람처럼 흘러가는 게 인생이란다. 나도 훗날 바람처럼 떠날
즈음, 어떤 향기를 남길지 자못 궁금하다. 나날이 소멸로 가는 중이니,
참으로 잘 살아야겠다는 생각뿐이다.

계간 『에세이포레』, 2010년, 봄호,
『중부매일』 에세이뜨락, 2010년 11월 26일

생각이 돌다

공간 • 대청호 미술관과 상당산성 산길
대상 • 흰색 민무늬 화병과 소파, 위트가 넘치는 장승들
내레이션 • 다큐멘터리 「아마존의 눈물」을 맡았던, 김남길

#1막 미술 더하기 발상

안내 표시를 따라 깜깜한 전시회장으로 들어선다. 텅 빈 전시장이
다. 아니다. 열린 출입문을 타고 들어온 빛에 의해 물체가 흐릿하게 망
막에 인식되는 순간이다. 벽 쪽에 목이 긴 흰 화병과 3인용 하얀색 소
파. 설마 전시작품이 화병과 소파는 아니겠지? 한 발 뒤로 물러나 출입
문에 붙은 '미술 더하기 발상'이란 포스터를 다시 확인한다. 무슨 착오
가 있겠지 싶어 발길을 돌리려는 찰나 음악 소리가 들린다. 이어 흰 벽
에 영상이 흐르는 게 아닌가.

정지된 피사체인 화병과 소파 위로 푸른 줄기와 꽃들이 곱게 피어오른다. 꼭 풀밭 같다. 그 풀밭으로 도마뱀이 느릿느릿 기어간다. 가느다란 덩굴에 녹음이 짙어진다. 이건 평화로운 봄 풍경이 아닌가. 그래, 이 땅에 태초의 모습은 이런 풍경이었으리라.

봄이 오는가 싶더니 벌써 여름인가 보다. 푸른 이파리들이 벽과 화병, 그리고 소파를 무성히 뒤덮는다. 녹음의 절정일 무렵, 갑자기 어디선가 비키니 차림의 요정들이 나타나 풍경을 즐기는 것 같다. 아마도 지구상 최초의 인간 모습이 아닐까 싶다. 이해할 수 없는 대상들과 영

청원군립_ 대청호미술관

상이미지가 무언가를 암시하는 듯싶다.

비바람과 폭풍이 강하게 세상을 뒤엎는가 싶더니 서서히 잠잠해진다. 이어 인간의 얼굴인 듯 비슷비슷한 군상들이 펼쳐진다. 고통에 일그러진 얼굴, 아니 슬픔을 삼키는 표정 같기도 하다. 인간의 고뇌를 표현하는 성싶다. 한 서글픈 표정은 문명의 탈을 쓴, 아니 도시화에 찌든 내 모습과 겹쳐진다. 군상들의 세계는 우리네 삶의 단면을 비춰주는 것 같다는 생각에 다다른다.

영상이 멈춘 벽을 향하여 시선을 고정한 채 한참을 서 있었다. 무에서 유를 창조하고, 유에서 무로 돌아간다는 발상인가. 혈기 넘치는 젊은이다운 기발함과 참신함이 돋보이는 작품이었다. 소파와 화병만 놓여 있는 커다란 전시장을 창고쯤으로 오인한 모습을 그가 보았다면, 이 얼마나 기막힌 일이겠는가. 소품과 화려한 영상이미지는 회화적인 미술로만 알고 있던 고정관념의 틀을 깨는 순간이었다.

미술에 그래픽 영상이미지를 접목한 작품이었다. 영화의 새 역사를 기록한 '아바타'처럼 그래픽 애니메이션을 접목한 효과랄까. 관람자는 이런 참신한 발상을 원한다. 사람들이 나처럼 틈만 나면 집 밖을 떠도는 것도 새로운 발상을 얻기 위함인지도 모른다. 그러나 머릿속으로만 고민과 설계를 나열할 뿐이다. 실행에 옮기지 않는 이와 생각이 도는 대로 발 빠르게 움직인 작가와의 차이일 게다. 그를 닮아가려면 눈과 귀를 열어두고, 머리와 가슴과 발을 부지런히 움직여야 할 것이다.

청원군립_ 대청호미술관

25

#2막 산길에서 만난 장승

바람도 한 점 없는 꽤 무더운 날이다. 열기에 휩싸인 성벽 위를 걷는 건 무리이기에 산길로 들어선다. 걷다 보니 풀숲에 허옇게 껍질이 벗겨진 나무가 보인다. '멀쩡한 나무를 어찌 저리 발가벗겨 놓았을까.' 라고 중얼거리다 나무 주변을 둘러보니 소나무 가지들이 잘려 가지런히 쌓여 있는 게 아닌가. 그제야 이해가 된다.

지난해 폭설도 많았고 지독히 추웠던 한 해였다. 죽은 나무는 눈의 중량을 이기지 못하고 쓰러진 나무들이었다. 산행하다가 산길에 쓰러진 나무들을 눈여겨보았던 터였다. 잔가지들이 꺾인 것도 안타까운데, 성한 소나무가 허리쯤에서 부러진 모습은 차마 볼 수가 없었다.

누군가 길을 가로막은 나무들을 보다 못하여 정리한 듯했다. 거칠고 단단한 소나무 껍질을 벗기느라 힘겨웠으리라. 손에 가시가 박히지나 않았을까 궁금하다. 나무를 자유자재로 움직일 수 없으니 조각하는 데 많은 불편이 따랐으리라. 크기 또한 어중간하니 앉지도 서지도 못하는 자세였을 것이다. 죽은 나무의 밑동까지 자태를 살려 껍질을 벗긴

나무줄기에 눈썹, 눈, 코, 입술을 조각하였다. 그런 장승에 인간의 표정을 닮아 더 친근하게 다가왔던 것이다.

　장승은 이름난 공원에 여느 장승처럼 멋지지는 않았다. 그렇다고 볼품없지도 않았다. 아마추어의 모습이라 더욱 정감이 갔다고 말할까. 처음 만난 녀석의 뿔난 두상은 금방이라도 하늘로 날아오를 듯한 형상의 전설의 동물 유니콘과 흡사했고, 두 눈을 부릅뜬 사나운 표정은 소설 〈봄봄〉에 나오는 심술 고약한 장인의 모습이었다. 웃음이 절로 났다. 거기에 악동의 표정은 꼭 개구쟁이 조카의 표정 같아 머리를 쓰다듬고 싶었다. 다음에 출연할 장승의 모습을 기대하며 굽이진 산길로 나아갔다.

　산행은 장승 덕분에 어느 때보다 흥미로웠다. 사람이 많이 다니는 곳이니 다른 이도 나와 같은 감흥을 받았으리라. 문득 이런 기발한 생각을 구상한 이는 어떤 분일까 궁금해졌다. 아마도 위트와 가슴이 넓은 호인이리라. 죽은 나무는 그의 손에 장승이란 이름으로 새롭게 태어나, 우리 곁에 머물며 즐거움을 베풀고 있기 때문이다. 만약, 내가 산 주인이었다면, 과연 산행에 거치적거리는 나무를 보고 어떻게 처리했을까. 아마도 주저 없이 나무의 밑

동까지 잘라내 깨끗이 정리했을 것이다. 이러한 상황을 만든 이 상기온을 탓하고 구시렁거리며 마지못해 나무를 끌어냈으리라.

장승은 생명을 지녔던 나무에 대한 사랑의 증거이다. 익살스러운 장승의 표정은 산길을 걷는 행인들의 눈과 마음을 즐겁게 하고 있다. 자신의 것을 기꺼이 남에게 내줄 때 진정한 행복을 느낀단다. 얼굴도 모르는 사람끼리 마음이 통했고, 그와 같은 길을 걷는 동행자라 여기니 마음이 든든하다.

생각해보면, 일상에서 남다른 생각과 그것을 행동으로 옮기는 예술인이 참 많다. 언제 어디서나 기발하고 독특한 생각이 돋기를 원한다. 삶에 자잘한 묘미를 베풀고 그것에 감동하는 그와 나는 정녕 행복한 사람이다.

『수필과비평』, 2010년, 9·10월호,
『수필과비평』 2010년, 11·12월호, '다시 읽는 문제작' 선정

드러누운 나무

눈이 쌓인 저수지에 발자국이 어지럽게 찍혀 있다. 먼저 다녀간 이들이 많다는 소리이다. 나무와 가을에 보자는 약속을 까마득히 잊고 지낸 것이다. 그러다 문득 드러누운 나무가 떠올라 방죽골을 한겨울에 찾았다. 그것도 코끝이 찡하고 얼굴에 반점이 피어오르는 추운 날 말이다.

혹여 물에 빠질까 봐 몸을 바싹 움츠리고 발자국을 따라 나무 곁으로 다가간다. 여름날 잎이 무성했던 나무의 모습은 흔적 없고, 무수한 잔가지만 하늘을 향하여 삐죽삐죽 솟아 있다. 반쯤 드러난 나목의 굵은 줄기는 물기를 털기 위함인지 햇볕을 쐬고 있다.

저수지가 꽝꽝 얼어 왕버드나무를 자유자재로 담을 수 있어 좋다.

도산서원_ 왕버드나무

이런저런 생각에 빠져 있는데, 매얼음 속에서 '나, 여기 있어요.'라고 나무가 수런거리는 듯하다. 그래, 내 발밑 물속에선 버드나무와 물고기는 내가 모르는 이야기를 주고받고 있으리라.

순간 도산서원 앞마당에 누운 왕버드나무가 떠올랐다. 그 나무와의 첫 만남도 신록이 무성한 초여름. 사람들은 대지에 드러누운 버드나무 곁을 무심히 빠르게 스쳐지나 화려한 모란 무더기 앞으로 달려갔다. 그들은 나무는 거들떠 보지도 않았고 향기로운 꽃향기에 취하여 사진을 담느라 여념이 없었다. 그러나 나는 강줄기를 향해 길게 드러누운 신기한 나무에 마음이 꽂혀 움직일 수가 없었다.

버드나무가 물가나 습지에서 자란다 하지만, 동안에 내가 본 버드나무는 가늘고 긴 가지를 치렁치렁 물가로 내려트린 꼿꼿이 선 나무였다. 오래된 나무가 대지에 드러누워 자란다는 것만으로도 충분히 신기했다. 나무에 관하여 더는 알려고 하지 않았다. 그저 여러 각도에서 그의 자태를 사진에 담아 폴더에 가둬 두었던 터였다.

방죽골 저수지에서 담아온 사진 카페에 올린다. 눈 위에 몸이 반쯤 드러난 나무를 본 사람들은 하나같이 땅속에 묻혀 있다고 말한다. 그리고 어떤 이는 폭설에 고목이 쓰러진 거 아니냐고 묻는 사람도 있다. 내가 나무의 이력을 말하지 않으면 그가 누운 자리가 얼음 속이라는 걸 알지 못할 것이다.

그래서 숨탄것들은 사계절을 지켜봐야 그의 모습을 제대로 안다고 했던가. 사람도 마찬가지일 성싶다. 생면부지인 사람의 속내를 어찌 첫 대면에 알 수 있으랴. 수십 년간 곁에 둔 사람의 마음도 제대로 읽지 못하는데 말이다. 그러니 여름 한 철 본 나무의 생애를 어찌 안다고 보았다고 말할 수 있던가.

저수지 왕버드나무를 찾지 않았다면, 나도 나무를 무심히 스쳤으리라. 나와 나무 사이에 흘렀던 애잔한 마음도 영영 잊히고 말았을지도 모른다. 그리고 서원의 나무와 방죽골 나무와 다른 점을 발견하지도 못했을 것이다. 물속에 드러누운 방죽골 나무와 다르게, 도산서원의 나무는 대지에 몸을 의지하고 있다. 무엇보다 나무의 우듬지가 강가로 향하고 있다는 점이 신기했다.

예전 서원의 나무가 서 있던 자리에 강물이 흘렀다는 걸 뒤늦게 알았다. 그 자리를 대지로 만드느라 성을 쌓듯 흙으로 메웠다고 한다. 땅속에 묻힌 버드나무 일부분까지 상상한다면, 아마도 거목일 게 분명하다. 아마도 나무의 바람은 귀향이지 싶다. 나무의 우듬지가 그걸 증명하고 있지 않은가. 그렇게 생각이 도니 가슴이 먹먹해졌다.

물과 흙은 토양이 전혀 다른 물성이다. 대지에 발을 묻고, 머리를 강가로 향한 나무는 귀향을 꿈꾸고 있었던 것이다. 눈에 보이는 세계가 전부가 아님을 확인한 셈이다. 인간은 눈에 보이는 것만 믿으려고 한다. 그 이면에 숨겨진 진실을 외면하는 일이 종종 있잖은가. 조금만 관심을 둔다면 알고도 남을 일이었다. 내 눈앞에 보이지 않는 세계, 그 세

방죽골 여름과 겨울_ 왕버드나무

계를 알려면 적어도 나무의 이력과 그 자리에 역사를 어느 정도 파악해야만 했다.

세상은 모든 일은 드러누운 나무처럼 겉으로 드러난 모습과 속내가 다를 수 있다. 물론 비슷한 부분도 있으리라. 그러나 겉모습만 보고 그 사람을 판단할 수 없듯, 그의 마음을 읽는 일을 간과해선 아니 된다.

나 또한 곰곰이 뜯어보면, 가면을 쓰고 있을 때가 있다. 남들이 나를 말할 때 카리스마 넘치고 당당하며 카랑카랑한 목소리의 주인공이지만, 내가 보는 나는 소심하고 가녀린 갈대처럼 흔들릴 때가 잦으니까. 강한 척 나를 포장한 것은 변명 같지만, 경쟁에서 밀려나지 않기 위한 안간힘이다.

그래, 나를 지키기 위한 본능적 보호쯤으로 해두자. 내면은 이해타산을 초월한 자연에 은거한 선비다운 면모가 되고 싶어 애쓰고 있잖은가. 내면의 차이를 어찌 눈에 보이는 자태로 표현할 수 있으랴. 내 깜냥으론 보이는 것과 보이지 않는 세계의 차이를 가늠할 수가 없다. 지구만큼의 크기, 아니 우주의 넓이만큼 클 수도 있기 때문이다.

눈에 보이지 않는 세계를 찾아 드러내는 일. 그리고 시각 차이를 줄이는 일. 아마도 그건 내가 죽도록 해야 하는 작업, 글쓰기이리라. 정녕 그 일을 사명처럼 해야 한다면, 앞으로 내가 할 일은 엄청나다. 그러려면 우선 겉으로 드러난 부분보다 내면의 도를 닦아 심안과 혜안을 넓혀야 하리라.

왕버드나무는 아마도 세상일을 달관한 자, 아니면 모든 걸 비우고 자연으로 귀향한 자일 것 같다. 그리 생각하니 나무가 그리워진다. 땅풀림 머리 전, 매얼음 속 수런거리는 버드나무의 내밀한 이야기를 듣고 싶다. 이번에는 눈보다 마음을 먼저 활짝 열고 보련다. 겨울잠에서 깨어난 나무는 나에게 말을 걸리라. 소리 없는 수런거림에 내 가슴은 벅차리라.

우스갯소리

제부는 가끔 그이에게 악마라고 부른다. 그에게 수시로 당하는(?) 조카들을 목격한 뒤에 붙여진 별명이다. 그에 번뜩이는 재치의 우스갯 소리는 누구도 당할 자가 없을 것이다. 표정 하나 변하지 않고 말하는 그이나, 아이가 그의 말에 넘어가는 광경을 말로 다 표현할 수 없다. 그 러나 곁에서 지켜본 이라면, 아이의 순진무구함에 놀라 터지는 웃음을 참지 못하리라. 그이의 악의없는 놀림은 결코 그가 나쁜 악마가 아니라 는 걸 만천하에 알린다.

고추 물주기

딸 부잣집 딸들이 결혼하여 낳은 자녀가 무려 열 명, 한 다스를 채운지 오래다. 주마다 친정집에 모이는 인원이 스무 명이 넘으니 북적거릴 수밖에 없다. 여동생들 자녀의 나이는 네다섯 살부터 초등학생이 대부분이다. 그이의 관심 초점이자 놀려먹는 대상은 유치원을 다니거나, 그 무렵의 어린 조카들이다.

성훈이는 여동생이 내리 딸을 둘 낳고 얻은 귀한 아들이다. 황당한 사건이 벌어진 시기가 아마도 조카가 다섯 살, 유치원을 다닐 무렵이었으리라. 스무 평 남짓한 아파트에서 이방 저방으로 뛰어다니는 조카를 보다 못한 그이는 다섯 살 난 성훈이를 불러 세운다.

"성훈아, 너 고추 좀 보자."

"고추에 물은 주었냐?"

그이는 바지를 내린 조카를 보고, 고추에 물을 주어야만 쑥쑥 자란다고 말하는 거다. 곁에서 본 아이의 부모는 그만 놀리라고 하지만, 그이는 그러거나 말거나 조카가 알아듣도록 진지하게 설명하는 거다. 자신도 고추에 물을 주어 많이 컸다고 말하니 긴가민가한 눈초리로 바라보는 조카의 모습은 천진스럽기 그지없다.

한 주가 흐른 뒤, 친정에서 다시 만난 여동생은 기막힌 일이 벌어졌다고 호들갑을 떠는 게 아닌가. 유치원 원장이 침울한 목소리로 아이가 이상한 행동을 하고 있으니 지켜보라는 얘기였다. 순진한 조카는 또래의 아이들을 화장실로 데려가 고추에 물을 주어야 한다고 선동했다니 악마의 속삭임은 성공한 셈이었다. 이 대목에서 가족들은 웃음보가 터져버렸다. 여동생의 황급한 뒷수습은 묻지 않아도 상상이 되리라.

콩자반

생량머리에 메밀꽃 잔치가 열려 친정식구와 구병 산골로 찾아들었다. 구릉지마다 메밀꽃이 흐드러져 건들마에 춤을 추듯 하늘거렸다. 드넓은 꽃밭에서 흑염소 서너 마리 풀을 뜯는 모습이 보였다. 흑염소를 발견한 조카들은 신기한지 새끼들이 노니는 곳으로 달려갔다.

메밀 꽃대를 꺾어 염소에게 건네니 우적우적 잘도 받아먹었다. 조카들은 염소에게 꽂혀 두 눈이 별처럼 반짝거렸다. 염소가 자기 손안에 든 것을 받아먹는 재미에 푹 빠져 있을 무렵, 그이가 어디선가 나타나 조카를 신나게 불렀다.

나무에 묶인 어미 흑염소 발치에 널브러진 염소 똥을 가리키며,

"석현아, 저기 까만 콩 많다. 어서 주워."

"엄마한테 맛있는 콩자반 해달라고 해."

염소 똥은 검고 동글동글해 쥐눈이콩을 닮아 여덟 살 조카가 속아 넘어가기 십상이었다. 아니나 다를까 의심도 없이 콩 이삭 줍듯 똥을 줍기 시작했다. 아이는 금세 똥을 한 줌 주워 제 엄마에게 달려가 보여주는 게 아닌가. 아이 손에 들린 염소 똥을 본 여동생은 기겁하며 '어서 버리라.'고 호통친다. 아이의 천진스런 모습을 지켜보고 있던 가족들은

보은군 구병리_ 메밀꽃축제

이때다 싶어 박장대소한다. 여동생은 큰소리로 "형부지!"라고 부르며, 말을 하지 않아도 다 안다는 듯 눈을 곱게 흘긴다.

저보다 한 살 어린 여동생도 똥이라는 소리를 듣고, 염소 똥을 만진 오빠가 더럽다며 자기 옆에 오지 말라고 외면하는 거다. 아이는 그이에게 투덜대지만, 나중에 감사하게 될 일이다. 아파트 숲에서 키워진 아이가 어찌 염소 똥을 구경이나 했겠는가. 오늘 사건으로 아이의 기억속에 염소 똥과 콩자반이 하나로 연결되어 영원히 잊히지 않으리라. 그이 또한 '염소 똥 이야기'를 두고두고 우려먹을 게 뻔하다. 어쨌거나 아이의 때 묻지 않은 순수함에 어른들은 즐거운 나날이 될 것이다.

그이의 우스갯소리는 날로 진화하는 것 같다. 그이는 자기 아이를 키울 때와 다르게 조카들과 잘 놀아준다. 아이들의 눈높이에서 놀아주어 그런지 무척 따른다. 우스갯소리로 가족간의 정도 두터워졌고, 무엇보다 아이들을 통하여 어른들의 잃어버린 순수함을 다시금 일깨워주었다. 가족들이 각자 집에 돌아가 아이와 그이의 행동을 떠올리면, 자신도 모르게 미소를 머금게 한단다. 그러니 그는 착한 악마다. 지금도 어디선가 사랑의 묘약을 준비하고 있는지도 모른다.

계간 『동리목월』, 2010년, 겨울호,
『중부매일』, 에세이뜨락, 2011년 3월 4일

틈의 변

굉음과 함께 분화구에서 벌건 용암이 솟구쳐 흐른다. 스펀지가 물을 빨아들이듯 거침없는 기세로 흘러간다. 순식간에 성성했던 푸른 숲은 주저앉고, 희뿌연 연기를 내며 마구 삼켜버린다. 불지옥이 따로 있으랴. 마그마는 자신의 영토 확장을 위한 물꼬를 잡은 양 주저 없이 드넓은 해안가로 향한다. 뒤를 보니 매캐한 연기와 불에 타고 남은 시꺼먼 잿더미, 폐허다.

절벽에 다다른 마그마는 아직도 성에 차지 않는가. 시퍼런 망망대해를 상대하려는지 멈출 줄을 모른다. 달리는 동안 열과 혼을 빼앗긴 마그마는 자신의 상태를 모른 채 절벽의 바위를 와락 덮친다. 빨갛게 달군 쇠와 찬물의 조응이 이럴까. 고온의 용암이 바다를 만나 급격히 식

제주올레길 8코스_ 주상절리

으면서 생긴 암석의 갈라진 틈, 수많은 기둥이 나란한 결로 칭송받는 주상절리다.

　제주의 해안가를 걷고 있으면 무시로 신기한 바위기둥을 만날 수 있어요. 특히 올레길 8 코스 중, 중문 대포 해안의 수려한 주상절리와 마주치면 잠시 얼어붙은 듯 목석이 될 겁니다. 일정한 다각형 형태의 기둥들의 기암괴석은 우리가 알지 못한, 기막힌 신화를 품고 있을 것만 같아요.

　주상절리 앞에 선 나그네들은 이구동성으로 "수려한 바위 형상이야, 신의 조화야."라고 주절거립니다. 화산 폭발을 한 번도 보지 못했으니, 나처럼 상상만 할 뿐이죠. 아니면 어느 책에선가 보았거나, 학교에서 배운 어설픈 지식을 각자 늘어놓습니다. 자신이 제일인 양 질주하다 제 명을 다하지 못한 한을, 허욕에 들뜬 마그마의 속내를 읽지 못한 채 말입니다.

　눈앞에 펼쳐진 주상절리는 욕망을 이루지 못한 몸부림의 흔적, 마그마가 바위를 덮치면서 갈라진 틈의 결정체이지요. 목석처럼 서 있는 나그네여, 마그마의 피 맺힌 절규가 들리지 않나요?

　수만 수천 수백 날, 폭풍우와 거친 파도에도 바위는 꿈쩍하지 않았죠. 갑작스런 마그마 폭풍에 휩싸인 바위는, 멋진 바위 형상으로 다시 태어났거나 까만 돌 파편으로 흩어졌을 겁니다. 바닷가에 떨어진 파편은 물살을 고스란히 받아 더 깎일 것도 없는 몽돌의 모습이었죠.

어쨌거나 그때 생긴 기이한 돌기둥들, 바위에 갈라진 틈이 주상절리랍니다. 무생물인 바위가 저리 칭송받는다면, 살아 존재하는 나는 할말이 많습니다. 수려한 풍경은 내가 보기엔 마그마의 과도한 욕망의 분출이지요. 자신의 생명의 불꽃이 꺼지는 줄도 모르고, 자신이 남에게 어떤 이로움과 해를 끼치는 줄도 모르고 달려왔으니 말입니다.

어떤 욕망을 이루는 데 있어 앞만 보고 달리는 게 전부는 아니지요. 자신이 꿈꿔온 부질없는 욕망이 어떤 일을 이뤘는지 뒤돌아볼 일입니다. 인정사정 볼 것도 없이 마구 삼켜버리고, 자신의 본거지를 폐허로 만들어버린 자신의 뒷모습을 보았다면 기겁할 일입니다.

불청객을 고이 맞은 거구의 바위인 주상절리는 누구보다 할 말이 많겠지만, 우선 벙어리 냉가슴 앓는 나의 속내평 좀 들어보소.

몸의 신호를 무시한 탓인가. 가끔 엉치등뼈를 되게 쑤시는 통증을 느낀다. 조금 쉬면 괜찮겠지 하며 모른 척 지낸다. 오늘 해야 할 일을 내가 하지 않으면 불안한 마음, 일 중독도 한몫 톡톡히 한다. 진통제를 여러 날 복용해도 소용없다. 조금만 무리를 해도 운신하기가 힘겹다.

탈이 난 게 분명하다. 그 바람에 알게 모르게 주위사람들을 힘들게 한다. 출근길 운전을 한 달째 담당한 남편과 나랑 함께 근무하는 지인이 귀갓길 기사를 자처한다. 또 집에선 무거운 짐이나 힘든 일은 아예

못하니 답답할 노릇이다. 내가 여러 사람에게 짐이 되고 있다.

　이제 아프다는 소리도 주위 사람들 귀에 딱지가 앉을 터이다. 이렇게 지속하다간 '저 사람은 원래 그런 사람'이라고 면역이 되어 나를 돌아봐 주질 않을 것만 같다.

　기막힌 풍경 주상절리 앞에서 왜 하필 궁상맞은 허리 병만 겹쳐지는 걸까? 그래, 그것이다. 주상절리의 속내를 모르듯 현재의 모습으로 평가되고 말리라. 사십대 시퍼런 나이에 노인처럼 뒷짐 지고 돌아다니는 내 모습을 상상하니 기가 막힐 노릇이 아닌가. 겉모습은 멀쩡한데, 남모르는 복병으로 힘겨워하고 있으니 말이다. 시간이 흐를수록 차도는 없고 지인들이 꾀병으로 몰 상태까지 온 것이다.

　건강한 틈을 비집고 들어온 세균이 몸안에서 반란을 일으키고 있었던 걸 몰랐습니다. 아니 육신의 주인은 바쁘다는 핑계를 대며 모른 척하였죠. 무엇이 문제인지 알면서 묵인하며 달려온 시간과 뇌리를 스쳐가는 불안한 미래. 건강이 무너지고 남은 세월을 어찌 감당할 수 있을까 못내 두렵습니다. 육신의 고통을 맛보고야 자신을 돌아볼 기회를 얻은 셈이죠.

'틈'도 '틈' 나름이겠지요. 마그마가 남긴 흔적인 주상절리는 대대손손 자랑거리가 될 겁니다. 그러나 내가 반허락한 틈은 건강의 적신호며 나를 점차 쓰러트릴 적군이지요. 그냥 보아 넘긴다면, 주객이 전도될 참이죠. 앞만 보고 달려온 지금 나에게 남는 게 무엇인지 묻습니다. 명예, 재물, 권위? 여러 생각 끝에 혼자 중얼거립니다. '정말 열심히 살았다고 자부하는데, 훗날 그 누가 알아주랴.' 열심히 사는 것이 중요한 게 아니라, 생의 속도를 조절하며 잘 살아야 한다는 거지요.

그래요. 나의 바람은 사람들의 시선을 사로잡은 주상절리의 '틈'까지는 원하지 않아요. 그저 작은 틈을 통하여 잠시 비치는 햇살 볕뉘처럼, 누군가의 희망이 되고 싶은데……. 그나마 자리 깔고 드러눕지 않은 걸 감사해야 하나요? 허허허.

돌연 찾아든 '틈'으로 내면의 끌탕을 어느 정도 가라앉히며, 동안 걸어온 길을 돌아보게 하네요. 이제야 틈의 진정한 가치를 알게 된 거죠. 주상절리처럼 내 몸에 든 손님을 잘 모셔야 할 듯싶어요. 자신을 돌보지 않은 시간만큼, 치유의 시간은 배로 필요할 듯합니다.

『수필세계』, 2010년, 봄호

교두각시

    그녀의 변신은 끝이 없는 성싶다. 변신은 무죄라 하였던가. 누구처럼 명맥을 유지하기 위한 삶이 아니라는 걸, 그의 위치와 다재다능함이 말한다. 오래전 자신의 공功이 가장 크다고 주장하던 그녀의 모습은 아니다.

예전 교두각시의 잘난 체하는 목소리가 귓전에 들리는 듯하다.

척부인아, 그대 아모리 마련을 잘한들 버혀 내지 아니하면
모양 제대로 되겠느냐. 내 공과 내 덕이니 네 공만 자랑마라.

척부인에게 던진 교두각시의 주장이다. 규중칠우쟁론기閨中七友爭論記, 침선針線에 필요한 일곱 가지 용구를 의인화한 작품의 일부분이다. 모두 자신의 공치사를 장황히 펼쳤지만, 결국 감투할미가 나서서 공적을 무산시키는 걸로 말미를 맺고 있다.

그러나 역시 길고 짧은 건 대보아야 하는가 보다. 유구한 세월이 흐른 지금 그녀의 주장은 헛말이 아니었다. 21세기를 사는 후인인 내가 그녀를 즐겨 찾고 손에서 놓을 수 없으니 인정하는 바가 아닌가. 교두각시는 인간 세상에서 자신의 자리를 굳건히 지키고 있다.

교두각시가 돋보이는 건, 상대적인 면도 없지 않으리라. 현재 벗(칠우)의 일상과 근거지를 보자. 요즘 어느 여인이 집안에 앉아 한가로이 바느질을 하던가. 그러니 세요각시(細腰閣氏: 바늘), 척부인(尺夫人: 자), 청홍흑백각시(靑紅黑白閣氏: 실), 화낭자(引火娘子: 인두), 감투할미(골무)가 세월 저편으로 소리 없이 사라지거나 거치적거린다는 이유로 골방에 갇힐 수밖에.

그나마 집 주인이 한가하여 마음먹고 티셔츠의 주름을 잡는 날, 울

낭자(娘子: 다리미)에게 가뭄에 콩 나듯 콧바람을 쐬는 날이다. 이 모두가 편안한 삶을 원하는 사람들의 욕구 충족을 위하여 세탁소가 생기면서, 자연스레 그들을 멀리하게 된 이유일 것이다.

쇠의 두 개의 날을 엇걸어서 만든 가위. 그리스 신화에 나오는 운명의 여신 아트로포스(Atropos)의 표지이며, 생명과 죽음이라는 양면적인 상징성을 지닌다. 서구에선 양털 깎는 기구로 주로 사용되었단다.

가위가 우리나라에 전해진 시기와 작자는 정확히 알려지지는 않는다. 여하튼 가위는 집안에선 여인들의 바느질 소품으로 없어서는 아니 될 물건이다. 지금은 구경도 어려운 일이지만, 엿장수의 손가락에 끼여 엿가락이 뚝뚝 잘리던 모습이 아직도 선명하다. 여러 가지 용도로 사용된 걸 보면, 일상에 꼭 필요한 물건이며 시대 변화에 잘 적응한 물건임에 틀림없다.

교두각시가 진가를 발휘한 시기는, 아마도 여인네의 눈에 띄면서부터가 아닐까 싶다. 옛 여인들이 가까이하던 규중 칠우 중 하나로 옷 짓는 일을 도우면서 일 것이다. 이즈음 '교두각시' 란 어엿한 칭호와 문자로 기록되는 영광을 얻었다. 스치는 세월에 흔적 없이 사라진 물건이 어디 한둘이랴. 변화를 거듭하였기에 고물상이나 나프탈렌 냄새가 풀풀 나는 어두운 장롱 속에 던져지지 않고, 일상에 꼭 필요한 이로 자리를 잡았지 않나 싶다.

우리 앞에 하루가 멀다 하고 간단 편리한 제품들이 쏟아지고 있다. 제품의 수명이 한 세기를 넘어 장수한다는 건 대단한 일이다. 가위가 안방에서 옷가지만을 주물렀던 게 아님을 단적으로 보여준다. 입 안을 달콤하게 녹이던 엿장수 아저씨의 생계형 손놀이개로, 집안을 환히 밝히는 꽃꽂이용 전지가위로, 무엇보다 각종 행사장에서 사업의 첫 시작을 알리는 장소에서 화려하게 금장한 모습을 기억한다.

본디 가위는 옷감, 종이, 머리털 따위를 자르는 기구라 사전에서 명명했다. 여기서 '따위' 란 단어에 관심을 둘 일이다. 사전풀이 내용이 전부가 아니기 때문이다. 그녀의 잡다한 용무 중 이보다 더 놀라운 변신은, 교두각시가 규방에서 일탈하여 우리의 양식을 요리하는 부엌으로 전면 등장한 일이다. 전문직업인 요리사가 아니어도 주방에는 식재료 전처리에 필요한 칼이나 각양각색의 조리기구가 얼마나 많은가. 가위는 파나 고추 같은 채소류와 미역이나 김 등 해조류를 소소하게 자르거나 다듬기에 편리하다는 점에서 그녀의 숨은 매력을 발산하고 있다.

오늘도 습관처럼 가위를 잡는다. 된장국을 끓이고자 풋고추를 싹싹 자르고 물통에 던져놓는다. 물이 튀는 순간, 뇌리에 번뜩 스치는 허난설헌의 「추야사秋夜詞」다. "물시계 소리는 낮아지고, 등불은 반짝이니 / 비단 휘장은 차고, 가을밤은 깊어라/ 변방 옷을 다 지어 가위는 차가운데/ 창에 가득 파초 그림자가 바람에 흔들리네." 옷을 지은 지 오래되어 가위가 차가워졌다고 읊는다. 임을 학수고대하는 그 마음을 가위에 비유했으니 얼마나 절묘한가. 어쨌거나 하필 그때 내로라하는 여류시인의 명시가 떠오를게 무엇인가. 그녀를 마구 다룬 나의 손을 부끄럽게 한다.

모든 것을 젖혀두고 교두각시를 곁에 두고 연방 찾는 걸 보면, 역시 팔방미인이다. 우리 집 주방 핵심에 터를 잡고, 흔들림 없이 버티고 있다는 걸 나조차 몰랐던 것이다. 현세에 머무는 나의 교두각시는 수많은 요리 도구 중, 없어서는 아니 될 물건이다. 날렵한 칼보다 가위를 더 많이 애용하는 시어머니와 나에겐 어느 것보다 소중한 요리 도구이다. 그녀의 변신에 큰 박수를 보낸다. 이만하면 그의 공功을 두고두고 치하할 만하지 않은가.

교두각시는 예전이나 지금이나 인기가 대단하다. 그녀의 인기가 언제까지 이어질지는 아무도 모른다. 이제 칠우의 팽팽한 공적 다툼을 매듭지으련다. 약삭빠른 감투할미를 제치고 교두각시의 손을 번쩍 들어주고 싶다. "교두각시, 자네 공功이 가장 크다." 고. 그녀의 향기로운 탄성이 들리는 듯하다. "싹둑싹둑, 싹싹, 잘가당잘가당, 삭삭 …… ."

『수필세계』, 2010년, 겨울호

살아 있는 화석

　　용문사 은행나무를 보러 가는 산길은 참 예쁘다. 아직 옷을 갈아입지 않은 잿빛 나무들이 대부분이다. 성급히 연둣빛 옷을 갈아입은 나무는 드문드문하지만, 뭇사람의 시선을 끌고도 남는다. 나무들 틈새로 빨간 등산복을 입은 사람이 흔들리니 신선하게 느껴지는 순간이다.

　　공원에는 여러 시설이 보인다. 눈살을 찌푸리는 유락시설도 있지만, 그 중에서 "무궁화 꽃이 피었습니다."라는 놀이의 조각은 유년의 기억을 불러일으킨다. 어린이 조각상의 표정과 자태를 살피며 한참을 서성이다 그곳을 물러난다. 길가에는 목련꽃이 활짝 핀 나무 아래에선 시화전이 열리고, 주체할 수 없이 스러지는 꽃잎을 시화담당자는 할 일 없이 비질하고 있다. 이 또한 그냥 스칠 수 없는 풍경이다.

산길은 공기도 맑고 사람들의 발걸음도 가볍다. 나도 상춘객으로 잿빛 나무들 속에서 새 옷을 갈아입은 나무를 좇다 보니 어느새 연화교 근처다. 1,100살쯤 먹었다는 은행나무가 가까워질수록 가슴은 두근거린다. 그 앞에 서기 전, 성미가 급한 나는 층계나무 울타리 틈새로 나무와 첫인사를 나눈다. 그리고 그를 담고자 하나 카메라를 쥔 손이 떨린다. 신기神氣마저 감도는 정적. 그 느낌을 어찌 말로 다 형용할 수 있으랴.

새 잎이 나지 않은 검은 잿빛의 거대한 은행나무다. 마치 기암괴석이 하늘을 받치고 있는 형상이라고 할까. 그러나 나무는 분명히 살아 있다. 조금만 지나면 저 가지들에 푸른 잎이 무성히 돋으리라. 1,100년을 저 자리를 지키고 있었다니 과히 놀라운 일이 아닌가. 신령스럽다. 천 년을 하루같이 용문산 높은 곳에서 수많은 사람이 오가는 것을 지켜보고 있었다고 생각하니 온몸에 소름이 돋는다. 나무는 살아 있는 화석과 같이 느껴진다.

누군가 말했던가. 몸은 신비한 영토라고. 우리의 몸은 애초에 그 안을 볼 수 없었기에 더욱 호기심과 상상력을 불러일으켰으리라. 해부학은 그 욕망이 불러일으킨 결과이다. 몇 천 년이 지나 인간의 몸에 대한 지도가 그려졌고, 지금도 끊임없이 탐구 중이다. 그렇다면 인기 많은 용문사 은행나무는 어느 정도 탐구되었는가에 대해 의문이 든다.

일행은 이른 봄 잿빛의 은행나무를 보며 그저 거대할 뿐, 볼거리가

용문사_ 은행나무(천연기념물 제30호)

없다고 말한다. 무언의 긍정을 한 나였지만, 생각을 다르게 먹는다. 언제 또 이런 모습을 볼 수 있으랴. 전라로 서 있는 그의 모습을 속속들이 관찰할 수 있는 찰나가 아닌가. 나무를 보며 푸른 옷과 노란 옷을 입었을 때를 상상한다. 가을날, 이 자리에서 그를 보며 이구동성으로 감탄했을 사람들의 표정도 떠올린다.

나무가 잎을 무성히 달았을 때, 사람들은 그의 옷을 찬탄할 뿐이다. 그의 참모습을 보지 못한 채 그 어떤 상상도 하려고 하지 않는다. 겉모습인 자태와 눈부신 옷차림새만 말하고 있는 것이다. 나무가 겪었을 온갖 풍파를 알려고도 않고, 무엇보다 지금껏 그의 이력도 불분명하지 않던가.

지금 나무는 몸으로 말하고 있다. 거대한 바위처럼 보인다. 마치 살아있는 화석 같다. 겉으로 보기엔 죽은 듯 잿빛의 몸피다. 나무의 몸안에서 무수한 피돌기가 돌아 새 잎을 만들고 있으리라. 내가 나무의 전라를 보지 않았다면, 나 또한 옷차림새만을 찬탄하고 있으리라. 모진 풍파를 겪어낸 나무의 삶을 거들떠 보지도 않았을 게 분명하다.

사진을 담다 말고 고개를 젖히고 나무를 멍하니 바라본다. 저 위에서 일행이 나를 부른다. 단체 사진 찍자고, 아니 사진을 담아달라고. 층계를 허정허정 오르는 길, 왜 이리 허전한 것일까.

내려가는 길목엔 산벚꽃이 하염없이 지고 있다. 오를 때 보지 못한 꽃나무다. 봄날은 소리 없이 가고 있다.

토우

　참 낯설다. 두 눈을 부릅뜨고 코는 벌름거리는 듯한 표정이다. 젖무덤을 적나라하게 내놓은 채 결가부좌한 다리 앞으로 두 손을 맞잡은 여인의 토우. 마치 자신의 성정을 다스리는 성싶다. 뜰에서 제일 먼저 눈에 든 작품이다. 활짝 핀 벚꽃 때문이었을까. 아니다. 벚꽃 때문이라고 말하기엔 역부족이다. 그 자태만으로도 충분히 뭇사람의 시선을 끌고도 남는다. 작가는 왜 하필 하고많은 모습 중

두모악_ 토우

남부끄러운 자태인지 궁금하다.

　두모악 뜰에는 황토로 빚은 토우들이 존재한다. 화려한 색을 입히지 않아 자연 그대로의 느낌이라 보기에 편안하다. 그들의 모습은 대부분 두 눈을 감거나 고개를 숙이거나 갸우뚱하며 생각이나 고민에 빠진 표정들이다. 내 나름대로 주제를 정해본다. 생각, 고민, 고통, 무념무상 등이지만, 나는 '생각에 빠진 토우'라고 이름하고 싶다. 아마도 토우를 만든 작가도 나처럼 여러 생각을 했으리라. 아니 더 많은 고심을 했으

두모악_ 토우

리라 본다. 그의 생각을 전부 헤아리지는 못하겠지만 나의 짧은 혜안으로 읽어본다.

검은 돌담을 왼쪽으로 돌자 무료한 듯 두 팔을 머리 위로 두른 토우를 만난다. 표정이 뽀로통하다. 무엇이 불만스러운 것일까. 아마도 요즘 아이라면, 학교에 다녀와 게임을 하고 싶을 것이다. 그러나 아이는 가방을 바꾸어 학원을 가야만 한다. 학원을 강요하는 엄마에게 무어라 말도 못하고 몸짓으로 항의하는 것만 같다. 대부분 어른은 아이의 생각은 무시한 채, 하루의 계획대로 기계처럼 따라야 하는 실정이다. 그런 엄마에게 나도 생각이란 게 있다는 걸 무언의 표정으로 암시하는 건 아닐까 싶다.

현무암을 덮은 푸른 담쟁이덩굴 위에 서 있는 토우다. 눈을 감고 왼쪽으로 고개를 갸우뚱한 토우가 귀엽기 그지없다. 무슨 생각으로 그리 골똘한 것일까. 행복한 표정이다. 그래, 사랑하는 사람을 떠올리면 저런 표정을 지을 수 있으리라. 아마도 그립고 그리운 어머니의 품속을 떠올렸으리라. 나 또한 이 토우를 보며 지금은 만날 수 없는 어머니의 얼굴이 겹쳐졌으니까.

나에게도 그의 고통이 절절이 스며든다. 바닥에 앉아 고개를 숙인 토우다. 두 손은 머리를 쥐어뜯는 듯하고 일그러진 표정은 보는 사람도 힘겹다. 절망의 상태인 것 같다. 마침 이슬비가 내려 토우 이마에 빗물이 방울방울 맺혀 떨어지니 그의 눈물처럼 느껴져 더욱 가엽게 느껴진다. 고통의 이유를 알 수 없다. 굳이 상상해보라면, 현대의 아버지상 같다. 요즘

IMF를 겪으며 기업에선 구조조정의 칼날을 휘둘렀다. 그 여파로 일자리를 잃은 직장인이 한둘이 아니다. 아마도 처자식을 생각하며 저런 표정과 모습을 지었으리라. 그의 고통이 어서 끝나길 바라는 마음으로 비손하며 자리를 떠난다.

팔짱 끼고 먼 산 바라보며 생각에 빠진 토우 앞에 서 있다. 스쳐온 토우들의 모습과 표정은 꼭 인간의 모습을 보는 것 같다. 분주한 일상에서 다람쥐 쳇바퀴 돌듯 살아가는 사람들. 문득 무의식 중 생각에 빠

진 나의 자태와 숨은 표정이 궁금해진다. 현무암에 앉아 생각에 빠진 토우. 나의 생각하는 자태를 그리라면 저런 모습일까. 머리는 왼쪽으로 갸우뚱한 상태로 한 손으로 받치고, 다른 한 손은 두 무릎은 감싸 안아 앉은 상태이다. 오랫동안 그 모습으로 생각에 빠져 있어도 좋으리라.

토우를 따라 낮은 돌담을 돌고 돈다. 갑자기 갤러리 입구에서 동료가 나에게 어서 들어오라고 부른다. 나는 간다고 손짓으로 답한다. 갤러리는 벌써 세 번째 방문이나 토우를 이렇듯 상세히 살피긴 처음이다. 나는 동안 세상의 물상을 눈으로 보았으나 제대로 보지 않고 걸어다닌 것이다. 토우의 모습과 표정을 살피고 그의 마음을 생각을 엿보려는 노력은 이번이 처음 아니던가. 다시 나의 상념을 깨우는 웃음소리이다. 벚꽃 아래서 사진을 담는 비 맞은 여인들, 그들도 예전에 나처럼 토우가 아닌 봄빛을 찾아 떠돌고 있는 것인가.

토우는 나에게 '생각'이란 걸 선물하였다. 정녕 생각 없이 기계처럼 살아온 날이 얼마나 많은가. 토우는 오로지 물욕과 명예만을 위하여 질주하는 가벼운 현대인에게 진중한 생각을 하라는 암시 같다. 누구라도 이 뜰에 서면 토우를 따라 생각에 들리라. 자신의 존재를 다시금 돌아보는 좋은 계기가 될 것이다.

2 · 골목길

담장이 낡고 깨지고, 바닥에 이끼와 새카만 더께가 앉은 우중충한 골목길이 벽화로 환해진 느낌이다. 골목길 담벼락에 그려진 그림은 그냥 그려진 것이 아니다. 옛정情이 그리운 이들이 자신의 생활 모습을 담아서인지 골목이 훈훈하다. 골목 굽이를 돌아서면, 금방이라도 그리운 얼굴이 나타날 것만 같다.

옛집

    봄비가 추적추적 내리는 날에 그리운 것을 만나러 성북동을 찾았답니다. 우산이 있어도 빗물이 옷깃을 적십니다. 그 불편함은 곧이어 반전되었지요. 평소에는 사람이 끊이지 않는 옛집이 한가했으니까요. 덕분에 툇마루에 앉아 처마 끝에서 떨어지는 낙숫물 소리를 들으며 추억에 젖었지요. 아마도 집 주인도 이 자리에 앉아 돌확에 고이는 빗물을 하염없이 바라보았을 것 같아요. 그분과 함께 호흡한다고 생각하니 왠지 모를 서글픔이 들더군요.

    대문을 열자마자 눈앞에 펼쳐지는 풍경에 사로잡혔어요. 모란이 활짝 핀 마당에 처마 끝에서 떨어지는 빗물이 돌확에 고이는 모습은 그리움을 폭풍처럼 몰고 왔어요. 너나없이 기와집을 허물고 비둘기 집처럼

성북동_ 최순우 옛집

똑같은 집에서 살고 있습니다. 지금은 도시에서 사라진 그립고 그리운 옛 풍경을 어디서나 볼 수 있을까요. 나처럼 그리운 것을 찾아 곳곳을 헤매야만 볼 수 있을 겁니다.

여전히 마당이 있는 집을 그리워합니다. 최순우 옛집 앞마당엔 마침 모란이 활짝 피어 탐스러웠어요. 거기에 봄비가 내려 돌확의 기능을 두 눈으로 확인하는 순간이었죠. 마루에는 그가 남긴 책들과 앨범, 함지박이 있었고, 무엇보다 문살을 통하여 바라다본 뒷마당은 싱그러웠습니다. 담벼락을 덮은 푸른 담쟁이덩굴과 모과나무에 작디작은 꽃이 피었답니다.

무엇보다 하늘을 보니 기와지붕 끝 날렵한 추녀선이 아름답습니다.

그 너머로 현대식 건물이 보입니다. 고전과 현대 건축물의 만남, 어울리지는 않지만 어쩌겠습니까. 누구나 발전을 저해한다는 명목으로 전통문화의 파괴는 정당한 이유는 없을 겁니다. 우리의 것을 오롯이 지키신 혜곡 선생님의 정성에 감탄할 뿐입니다. 그는 떠났지만 그의 딸이 기거하다 유지를 받들어 이어오다가 2002년 한국내셔널트러스와 시민의 노력으로 보전하고 있다고 합니다.

뒷마당으로 자리를 옮깁니다. 비가 내리는 마당에는 징검다리 돌이

가지런합니다. 그 돌을 밟으니 신발에 물이 들어가지 않아 좋았어요. 역시 선생님의 섬세한 손길이 곳곳에 남아 있었죠. 뒤꼍은 한마디로 편히 쉴 수 있는 공간, 여유를 즐길 줄 아는 혜곡 선생님의 마음을 엿봅니다. 마당 오른편에는 차를 마실 수 있는 돌 탁자와 의자가 있고, 구석진 곳에는 예전 어머니가 비손하던 장독대가 있어 정겹습니다. 수호석과 마당에 징검다리 돌과 돌확이 멋스럽습니다.

뒷마당 문살을 통하여 바라본 앞마당 풍경은 황홀할 지경입니다. 비에 젖은 모란꽃이 환하게 빛났죠. 덮개 문을 열어젖힌 문살은 앞뒤가 소통하여 마음마저 시원해집니다. 닫힘이 아니라 열린 공간을 만든 최순우 선생님은 우주의 마음을 간직하신 분 같습니다.

아마도 예전 같으면 돌담 대신 꽃나무 울타리를 쳤겠지요. 나의 유년시절을 지냈던 기와집 울타리는 개나리와 미루나무 몇 그루가 전부랍니다. 비 내리는 날이면 그 틈새로 개구리들이 마당을 뛰어 다녔죠. 그러면 동생들은 개구리를 잡으려고 비 맞는 줄도 모르고 뛰어다녔답니다. 그 모습을 본 어머니는 옷을 버린다고 호통을 치십니다. 그러면 우리는 아쉬운 얼굴로 그 놀음을 마감해야 했지요. 나이가 들어도 잊을 수 없는 그립고 그리운 풍경들이죠.

어디 그뿐입니까? 여름이면 대청마루에 배 깔고 책을 읽던 기억이 떠오릅니다. 마루 공중에 걸린 그네에 어린 동생을 태우고, 한참을 동생을 업어주어도 힘든 줄 몰랐죠. 비 내리는 날 빗물을 고무통에 받아

두었다가 기저귀를 빨던 기억도 떠오릅니다. 기저귀를 빨며 좀 많이 투덜거렸던 기억도요.

　최순우 옛집은 어느 것 하나도 낯설지 않은 풍경이었죠. 고인이 되신 혜곡 선생님은 아름다운 문장가며, 우리의 것을 손수 알리고 한국의 미를 승화시킨 장본인이십니다. 이제 옛집이 시민의 손에 있으니 잘 보전할 의무가 있습니다. 그곳에서 차마 떨어지지 않는 발길을 돌리며 마음으로 비손합니다. 아름다운 옛집이 길이 보전되기를.

예술이야

혹조가 사뿐사뿐 나타난다. 이어 거친 날갯짓 소리가 들린다. 인간
으로선 표현할 수 없는 새의 역동적인 몸짓과 욕망에 이글거리는 눈동
자다. 악마의 영혼이다. 유능한 발레리나가 흉내를 낸다 해도 인간의
육체를 초월한 지금의 유연한 자태를 볼 수 없을 것 같다. 대단원의 막
을 내릴 즈음 혹조의 몸짓은 발레에 무지한 나를 전율케 하였다.

동생과 갑자기 보게 된 영화였기에 내 머릿속엔 '블랙스완'의 정보
는 백지였다. 영화관에서 본 홍보지에 '백조의 호수'를 운운하니 차이
콥스키의 감미로운 음악에 메마른 가슴과 귀를 어루만지고, 아름다운
배우에 발레 연기를 즐길 거라고 여겼다. '백조의 호수'는 누구나 아는
유명한 발레곡이 아니던가. 하지만 그런 내 생각은 빗나갔다.

'백조의 호수' 대본대로 흐르는 것 같았지만, 그것이 전부가 아니었다. 백조와 흑조, 1인 2역의 역할을 해야만 하는 주인공 '니나'. 흑조 연기를 완벽하게 소화하고 싶은 무용수에게 초점을 맞춘 영화였다. 아니 발레리나가 아닌 영화배우, '나탈리 포트먼'의 눈부신 변신을 보았다.

영화 내용은 어둡고 고통스러웠다. 발레리나 '니나'는 흑조를 연기하면서 자신도 몰랐던 무의식의 자아가 고통 속에서 드러난다. 그녀는 마치 자신이 흑조가 된 양 고통스러운 환상과 에로틱한 몽상에 시달린다. 흑조를 완벽하게 연기하고자 하는 욕망은 그녀가 만들어낸 허상이었다. '니나'의 어깻죽지에서 날개가 솟고, 손끝의 털을 뽑는 장면에서 내가 주인공인 양 끔찍할 정도로 아팠다. 자신의 역할인 흑조의 자리를 '릴리'에게 빼앗기지 않고자 그녀를 유리로 찌르나 환상이었다. 자기 자신을 찌른 거였다.

블랙 스완은 주인공의 자살로 끝났으나 감동의 여운은 가슴에 오래도록 남았다. 영화 보는 내내 발레를 직접 보는 듯 착각에 빠져들었다. 또한 발레리나로 변신한 배우, 나탈리 포트만의 노력은 누구도 따를 자가 없으리라. 백조와 흑조 1인 2역 역할이 쉽지 않았기에, 하루에 대여섯 시간, 발톱이 빠질 정도로 발레 연습을 하였다는 인터뷰를 보고 놀라지 않을 수 없었다. 발레리나가 직업인 사람도 그녀에게 극찬했으니, 그 감동의 물결은 역시나 그녀를 아카데미 여우주연상으로 지목하였다.

그녀의 발레는 눈부셨다. 예술이었다. 우리는 어느 한 부문에 능통하거나 최고가 되었을 때 감탄하며 하는 말이 있다. '와, 예술이야.' 라는 말이다. 실로 이 말은 쉽게 얻어지는 것이 아닐 것이다. 그리고 이 말은 무용, 음악, 사진, 연극, 요리 심지어 스포츠에도 자주 사용된다. 피겨스케이팅 선수 김연아가 그렇다. 빙상 위에서 클래식 음악에 맞춰 신들린 듯 펼치는 연기를 가슴 졸이며 본 사람들의 함성이었다. 어디 그뿐이랴. 발이 보이지 않을 정도로 수비수를 뚫고 골문으로 달려가 절묘한 슛을 날린 박지성은 또 어떠한가. 빛나는 그의 모습을 지켜본 사람들은 절로 "예술이야."라고 말하며 흥분에 떨었다.

예술은 일상에서도 흔하게 일어나는 듯싶다. 텔레비전 '생활의 달인' 이란 프로그램에서 달인들을 소개한다. 출연자 대부분이 그저 생업에 종사하는 사람들이다. 나는 그분들을 볼 때마다 놀라움에 입이 다물어지질 않는다. 감탄을 넘어 감동을 받는다. 이 또한 생활 속에서 일어난 예술의 일부분이 아닐까 싶다.

얼마 전 만두 가게 사장에게 달인이란 호칭을 달아 주었다. 달인은 별거 없었다. 손이 보이지 않을 정도로 빨리 담는 포장 기술이다. 자신이 빚은 만두를 좋아하는 분들이 가게 앞에서 기다리는 시간을 줄이고자 만두를 봉지에 넣는 시간을 줄인 것이다. 만두 빚는 일 또한 마찬가지이다. 한 가지 일에 부단한 열정과 노력으로 이루어낸 그만의 기술이다. 정녕 자신의 일을 좋아하지 않았다면 과연 달인이 될 수 있었을까 생각해본다.

우리 회사에도 달인이 있다. 우아하고 멋지게 연출된 무대가 아니다. 양모의 미세한 먼지가 풀풀 날리는 고온다습한 현장에 남들이 말하는 3D업종 모방 제조 공장이다. 양모 1g을 가지고 150m 가는 실을 만드는 일은 쉬운 일이 아니다. 가는 실(세사)을 만들수록 기계에서 끊어지는 실(사절)이 많다. 같은 공정으로 끝나야 하기에 사람이 직접 손으로 그 실을 빠르게 이어주어야 한다. 고급스러운 옷은 가볍다. 그 가벼운 옷을 만들기 위한 실은 가늘어야 한다. 그리 보면 기계로 실을 뽑는 기술만으로도 예술이다.

그보다 더 놀라운 일이 현장에서 벌어진다. 공정에 걸린 수백 개 실중, 끊어진 실을 눈이 아닌 손으로 감지하고 빠르게 실을 잇는다. 그분은 실을 잇는 데 높은 경지에 이른 분이다. 누구라도 그분의 신들린 손놀림을 본다면, 절로 감탄하리라. 어려운 환경에서 똑같이 주어진 시간에 한 사람 몫이 아닌 여러 몫의 일을 하는 대단한 사람이다. 나는 그녀의 열정을 세상에 자랑하고 싶다.

우리 주위에는 숨은 달인이 많다. 나는 달인이란 호칭보다 예술가로 부르고 싶다. 그들의 이야기를 들어보면 대부분 주어진 환경을 탓하지 않고 자신의 일을 사랑과 집념으로 발전시키고 최고의 경지에 오른 것이다. 달인의 자리는, 아니 예술가의 자리는 쉬운 자리가 아니다. 부단한 노력이 있어야만 가능하다.

혹조를 연기한 미모의 배우도 멋지지만, 일상에 숨은 달인들이 더 멋지다. 머나먼 이야기처럼 들렸던 예술을 '나도 할 수 있다.' 라는 희망을 몸소 보여주었다. 이제 삶을 정면으로 마주하길 주저하는 분들에게 말하고 싶다. "다 같이 예술 하자고!"

무작정 따라잡기

인터넷 카페에 글과 사진을 올리자 댓글이 줄줄이 달렸다. 대박 조짐이다. 예상한 결과였다면, 자랑이 늘어졌다고 할까. 글을 보고 손수 감사 전화와 '정리정돈의 달인' 이라는 칭호까지 달아준 지인도 있었다. 허풍이 아니란 게 확인된 셈이다. 내가 그들의 가려운 곳을 정확히 긁어주었던 모양이다.

대부분 맞벌이 부부는 낮에는 직장일로, 저녁엔 아이를 돌보며 집안일에 쫓기게 마련이다. 내 경험상 집안에 도우미를 쓰지 않는 이상 시간이 없기에, 급한 불 끄는 식의 살림을 살 수밖에 없다. 집안 구석구석 정리정돈이 잘된 집을 보면, 나도 가지런히 정돈해놓고 살고 싶다며 막연한 그리움을 토해내지 않았던가. 마음은 진작 있었지만, 정작 그 일을 하고자 소매를 걷어붙이는 일은 엄두가 나질 않았다. 그러다 내가 직접 체험한 자료를 올리니 공감을 불러일으킬 수밖에 없었다.

글쓰기 또한 같은 맥락이다. 요즘은 자신의 블로그나 문학 카페를 통하여 작품 발표가 늘고 있다. 독자와 자연스러운 소통으로 댓글이 달리고, 조회 수가 늘면 미소 띤 얼굴이 되리라. 독자의 마음을 울리거나, 인터넷상 '공감'을 클릭하거나 자신의 글을 독자의 홈페이지로 담아갔다면 더할 나위 없이 좋으리라.

우선 독자와 공감하려면 글감 선택이 제일 중요할 듯싶다. 작가 스스로 만족하고 말 작품이라면, 책상 속 깊이 간직해야 할 것이다. 독자에게 무미건조하게 읽히는 글도 마찬가지이다. 대부분 자신이 일상에서 체험한 소소한 이야기에 공감하며 감동을 불러일으킨다. 글에는 적어도 독자가 원하는 정보나 교훈, 남다른 철학이나 가슴을 울리는 무언가가 있어야 한다.

그녀의 블로그는 독자의 마음을 흔드는 힘이 있다. 생활하면서 느끼는 불편함을 해결할 수 있도록 상세히 소개한다. 무엇보다 자투리 없는 공간 활용법과 살림에 임하는 자세가 남다르다. 그가 매만지는 집안 곳곳 살림의 애정이 묻어난다. 손끝이 어찌 그리 매운지 매번 부럽기만 하다.

주부들이 아파트 생활을 하면서 관심 두는 공간은 대부분 부엌과 옷장, 수납공간일 것이다. 식구 수가 많을수록, 아이가 어릴수록 수납

냉장고 내부

공간이 많이 필요하다. 아파트는 실 평수 안에서 지어질 뿐이다. 잡동사니를 넣을 창고가 필요하다면 마음에 드는 집을 손수 설계하는 게 빠르리라. 그렇지 않다면 현재 머무는 공간을 규모 있고 경제적으로 활용하는 방법을 찾는 게 최선책일 것이다.

　　그러던 차에 그녀를 알게 되었다. 전업주부이자 살림꾼인 그는 자신의 살아가는 이야기와 살림의 비법을 블로그에 공개하였다. 얼마 전 살림의 여왕으로 텔레비전에도 소개되었다. 자신의 비법을 아낌없이 나누는 그가 고마웠다. 그날의 인터뷰를 사진에 담아 마음의 선물이라고 블로그에 올려주니 그녀도 좋아했다. 자연스레 내 마음도 움직여 그의 살림법을 흉내 내기 시작했다.

무작정 따라잡기도 쉽지 않은 일이었다. 그녀가 하는 대로 따라하는 데도 상당한 시간이 소요되었다. 초심을 잃지 않는 끈기와 무한한 에너지가 필요했다. 장롱, 싱크대, 욕실, 신발장 등 정리정돈이 끝날 무렵, 내 모습을 보다 못한 남편은 '정말 못 말리는 여자'라며 한 가지만 잘하면 된다고 핀잔 겸 위로해 주었다. 무슨 일이든 끝장을 보고 마는 못 말리는 근성은, 이주일이나 걸려 집안정리가 마무리되었다.

그러나 그녀가 올린 사진과 내 집 분위기는 많이 달랐다. 애초부터 무작정 따라잡기는 무리였다. 아파트 구조가 다르고, 집기 비품도 다르니 똑같이 변화를 줄 수가 없는 게 당연했다. 그녀와 나의 식구 수와 식성, 살림살이가 달랐다. 무엇보다 생활 습관이 많이 다르단 걸 뒤늦게 알게 된 것이다. 무작정 고가의 세간으로 바꾸기엔 뱁새가 황새걸음 따라가기였다. 결국 스스로 세간을 정리정돈 잘하였다는 것에 점수를 높이 주었다.

해마다 ○○문학상과 신춘문예 공모전에서 당선자들이 발표된다. 나는 그들의 작품을 일부러 찾아, 읽고 분석하는 버릇이 있다. 그런데 예상외로 당선작들이 비슷한 수준이었다. 글의 주제나 구성과 문체 등, 눈에 띄는 참신한 소재를 찾아보기 어려웠다. 당선작들은 자신의 부모나 조부모의 죽음에 관련된 비슷한 소재를 다룬다는 점이다.

아마 당선작도 살림꾼 무작정 따라잡기와 비슷한 과정을 거쳤을 것

싱크대 수납

같다. 일전에 발표된 작품과 비슷하다는 건, 글쓴이가 그 작품에 너무 몰입했거나 그걸 보고 습작한 탓일 게다. 심사위원의 고정된 시선도 문제가 되리라. 그러나 너나없이 당선만을 위하여 깊은 사색 없이 도전한 결과가 아닐까 싶다. 신인이란, 그 이름값에 걸맞게 참신하길 원한다. 그렇다고 전통성을 벗어나란 말은 아니다. 글쓴이의 태어나고 자란 환경이 천차만별일 것이다. 그러니 자신의 체험을 독특한 글쓰기로 의미화해야 한다는 걸 당선작을 보며 다시금 느낀다.

인터넷 카페에 올린 '내가 살고 싶은 집' 자료를 다시금 클릭한다. 잠시 자아도취에 빠졌음을 부인할 수 없다. 무작정 따라잡기엔 함정이 있었던 것이다. 제목대로 내가 살고 싶은 집은 될 수 있어도, 식구가 살고 싶은 집이 아닐 수도 있다. 집안을 똑같이 바꾼다 해도 그녀의 집이 내 집이 될 순 없다. 집이란 가족이 편안히 쉬며 기운을 얻는 재충전의 공간이어야 한다. 그러려면 우리 집 환경과 생활 유형을 먼저 생각하고 변화를 주어야 한다는 걸 뒤늦게 깨달은 것이다.

글쓰기도 살림도 나만의 고유 브랜드를 만들어야 한다. 처음에는 무작정 흉내 내기도 필요하리라. 궤도에 올랐다고 우쭐거리며 멈추면 아니 된다. 기본기에 나만의 기발한 창의력을 더하는 일이 남아 있다. 누구나 '그래, 이거야.' 라며 무르팍을 탁 치는 글을 원한다. 그러기 위해선 무진 애를 써야 하리라. 자기만의 독특한 시각과 주제를 가진 작품을 출산하는 일은 쉽지 않은 일이다. 내 삶의 고유 브랜드 만들기는 끊임없이 진행 중이다.

『에세이포레』, 2010년, 겨울호

골목길

좁은 골목을 돌고 돌다 막다른 집에 다다른다. 더는 나아갈 수 없는 끄트머리 집, 허름한 담장에 그린 그림이 돋보인다. 양 갈래머리 아이가 비탈길을 허정거리며 오르는 중이다. 얼핏 보면 전봇대를 오르는 것 같지만 아니다. 전봇대와 담장을 한 장의 여백으로 삼은 벽화는 달동네 풍경이다.

가파른 길을 오르는 아이 모습을 전봇대에, 좁은 골목을 두고 다닥다닥 붙은 집과 창밖으로 고개를 내민 남자를 담장에 그린 것이다. 이런 그림을 그리는 사람은 분명히 남다른 사람임이 틀림없다. 두 개의 대상을 하나로 표현한 것도 남다르지만, 끝없이 나아갈 수 있다는 발상이 놀랍다. 화가는 이와 비슷한 시절을 보냈거나 마음에 간직한 그리운 골목길을 표현했을지도 모른다.

청주 우암산 서쪽 자락에 자리 잡은 달동네 마을은 '수암골'로 불린다. 한국 전쟁 때 피란민들이 모여 살던 곳이다. 시간이 흘러 지붕과 바닥을 보수하고 쓰러진 담도 올리고 길도 냈지만, 예전의 모습을 거의 간직하고 있다. 벽에 쓰인 '근면, 자조, 협동'이란 퇴색한 글자가 오랜 세월이 지났음을 말해준다. 〈새마을 노래〉가 울려 퍼지면 동네 분들이 하나둘씩 골목으로 나와 비질을 할 것만 같다.

청주 시내가 한눈에 들어오는 전망 좋은 동네, 수암골. 마을 초입 둥

구나무 앞에 앉아 소소한 일상을 나누며 바라보는 풍경은 무엇과도 바꿀 수 없으리라. 수년 전 근처 학교를 다녔어도 이곳을 찾은 건 처음이다. 그저 달동네로만 알았던 나도, 근사한 벽화골목으로 소개되고, 〈카인과 아벨〉 드라마 촬영지로 알려지면서 찾게 된 것이다. 지금은 차가 다닐 수 있어 쉽게 오르지만, 도로가 없던 시절에 연탄과 물동이를 지고 오르기엔 쉽지 않은 길이다.

좁은 골목길을 걷자니, 귓전에 급한 발걸음 소리가 들리는 듯하다. 학교까지 버스 타고 가기엔 애매한 거리라 9년을 걸어 다녔다. 기억나는 골목 풍경은 슬레이트 지붕이나 녹슨 함석지붕, 드물게 기와를 올린 집들. 담장은 대부분 이끼 낀 강돌 위에 올린 콘크리트 담이거나 황토로 만든 담, 붉은 벽돌로 쌓은 담이 떠오른다. 지금 수암골 풍경과 엇비슷하다.

돌아보면, 나는 늘 앞만 보고 골목을 뛰어다녔다. 그곳을 지나갈 땐, 아침이거나 골목에서 놀던 아이들도 집으로 돌아갈 저녁 시간인 한유한 골목이었다. 오전의 골목은 정적에 휩싸여 두려움을 일으켰다. 내 뒤를 누가 따라오기라도 할 양 겁이 더럭 났다. 두려움에 골목을 빨리 벗어나고 싶을 뿐이었으니 그 정감을 어찌 알 수 있으랴.

'골목길' 하면 떠오르는 기억이 하나 더 있다. 막다른 골목에 붉은 벽돌담 집은 초등학교 2학년 시절 같은 반 남자 친구가 살았다. 늘 함께 등교하던 친구가 어느 날인가 홀연히 미국으로 떠났다. 지금 그 친구의

청주_ 수암골 벽화

얼굴도 이름도 기억이 나지 않는다. 한동안 골목이 텅 빈 양 허전함을 느꼈던 시절이 나에게도 있었다.

허름한 담벼락에 그려진 지도를 따라 '가느다란 골목길'을 걷고 있다. 처음 오는 사람은 어디가 어딘지 헤맬 것이다. 그러나 걱정할 일은 없다. 언젠가는 한길로 만나지니까. 또 나그네는 집집이 대문 앞에 놓인 화분을 보고 미소를 지으리라. 앉은뱅이 채송화와 풋고추가 주렁주렁 매달린 나무, 푸릇푸릇한 대파 등 아기자기한 화초를 가꾸는 집주인을 떠올릴 것이기 때문이다. 한여름, 옥상의 소쿠리에선 겨울 반찬이 될 찐 풋고추와 무, 청둥호박을 잘게 자른 풋것들이 물기가 마르리라.

어디선가 청국장 끓이는 냄새가 풍긴다. 담을 넘어온 정겨운 냄새다. 갑자기 시장기가 돌며, 어머니가 손수 담근 장맛이 그립다. 예전에는 밥 지을 때면 이웃집에 어떤 반찬을 해먹나 어림짐작할 수 있었고, 울타리나 낮은 담 위로 음식이 오가는 도타운 정이 넘치던 시절이 있었다. 지금은 어디 그런가. 아파트 들어오는 입구부터 현관까지 보완이 철저하다. 이제 내가 사는 곳에선 생각지도 못할 일이 되었다.

향수에 젖어 벽화를 감상하고 있다. 강돌 위에 그려진 자그마한 동물 발자국이 시선을 끈다. 이어 엉성하게 쌓은 벽돌담에 고개를 갸우뚱한 복슬강아지. 금세 집주인을 알아보고 구멍에서 강아지가 튀어나올 것만 같다. 그 집 대문이 열려 있어 안을 엿보니, 놀랍게도 담에 그려진 강아지가 반갑게 꼬리를 흔들고 있다. 집집에 살아있는 이야기가 벽화

에 숨어 있는 성싶다.

　쓸쓸한 달동네에 '추억의 골목 여행' 이란 행사로, 수암골에 사람들이 오가고 따스한 정이 흐른다. 담장이 낡고 깨지고, 바닥에 이끼와 새카만 더께가 앉은 우중충한 골목길이 벽화로 환해진 느낌이다. 골목길 담벼락에 그려진 그림은 그냥 그려진 것이 아니다. 옛 정情이 그리운 이들이 자신의 생활 모습을 담아서인지 골목이 훈훈하다. 골목 굽이를 돌아서면 금방이라도 그리운 얼굴이 나타날 것만 같다.

『중부매일』 에세이뜨락, 2009년 10월 30일,
『월간사진』 이야기가 있는 출사지, 2010년 5월호,
계간 『문학춘추』, 여름호.

성곽

드디어 성벽이 보인다. 산길을 힘겹게 오르다 거대한 성벽 부근에 다다르면 한숨을 돌린다. 나무 계단을 오르면 쉼터가 있기 때문이다. 땀을 식히며 마시는 차 한 잔은 꿀맛이다. 산행을 끝내고 청주 시가지를 내려다보며 편안히 쉴 수 있는 곳, 상당산성이다.

산행이 아닌 자동차로 굽은 산길을 돌아 산상에 오르기도 한다. 칠순이 훨씬 넘은 아버지와 산성 산책을 즐기길 여러 해, 한 시간 반 정도 성 둘레를 도는 동안 어떤 깊은 생각은 없다. 계절마다 펼쳐지는 경치를 즐기며 뱀 꼬리처럼 늘어진 길을 돌고 돌다 마을에 닿는다. 그리고 청국장 잘하는 집에 들러 점심을 먹는 일로 일정을 마친다.

산성을 산책코스쯤으로 알고 있던 나에게 무지無知의 성城을 깨트

상당산성의 봄

리는 기회가 왔다. 지난가을 박물관 연구과정으로 한국 성곽의 이해와 충북의 성곽을 세계문화유산 등재 운동의 경과를 듣는 순간, 온몸에 전율이 일었다. 성곽을 세계문화유산으로 등재한다는 말도 생소했지만, 내 고장 성곽을 등재하고자 애쓰는 사람도 낯설게 느껴졌다. 그런데 다년간 기획하였던 중부내륙 옛 산성을 국내외에 알리려는 사업이 예산 삭감으로 일시 중단된 상태라니, 성에 관한 문외한인 나도 발벗고 나서고픈 마음이 불같이 일었다.

전국에 크고 작은 성터가 2,400여 개에 달한다. 그중에 산성이 90%가 넘는다니 얼마나 많은가. 성곽은 오랜 역사적 경험으로 더 완전한 형태로, 방어능력을 키우는 방향으로 변화, 발전하였을 것이다. 성에 관한 전략과 전술적 가치는 일찍이 외세침략을 통하여 알고도 남음이 있다. 성의 축조 방법도 시대별로 많이 달랐고, 무엇보다 자연 지형 그대로 살리는 방향으로 성을 쌓은 지혜가 돋보였다. 선인은 성을 쌓는 데 있어 남다른 비결이 있는 듯싶다.

산성을 수차례 거닐었지만, 성벽을 보고자 한참을 서성이는 일도, 낡은 성문을 넘나드는 일도 처음인가 보다. 성벽에 낀 거무죽죽한 이끼는 오랜 세월을 말하고, 쌓은 돌들은 귀퉁이가 궁글린 듯 자연스럽다. 무엇보다 틈새를 작은 돌로 채우거나 정으로 귀퉁이의 홈을 내 연결한 것이 독특하다. 삼천 명이 삼 년 동안 쌓았다는 삼년산성도 특이하다. 구들장처럼 납작한 돌을 한 층은 가로쌓기, 한 층은 세로쌓기로 켜켜이

상당산성의 여름

쌓아 틈새에 잡석을 채웠다. 석성 중 대표적인 산성으로 원형 그대로 보존될 수 있었던 건, 과학성과 실용성을 겸비한 선인의 남다른 축성 기술 덕분이란다.

성城에 관심이 있는 사람이라면, 구전이나 고서로 전설이나 민속을 들었으리라. 권율 장군이 행주산성에서 왜군을 대파했다는 통쾌한 이야기나, 한 작가의 소설로 더욱 유명세를 치르는 남한산성의 숨은 이야기가 그렇다. 지난해 보았던 공산성 곰 나루터에 얽힌 애틋한 전설은 또 어떠한가. 산성이 우리 곁에 존재하는 한 신화는 영원히 이어지리라 본다.

내 고장에 현존하는 성곽은 240여 개소에 이른단다. 하지만 내 발로 다녀온 산성은 손꼽을 정도다. 상당, 삼년, 충주, 덕주 산성 등이 역사적 가치와 보존상태가 높다고 한다. 그런데 멀리 있는 읍성과 산성은 관광지로, 주변의 산성은 유원지나 쉼터 정도로 여긴다. 성을 쌓다가 힘겨운 노역을 감당할 수 없어 말없이 죽어간 선인들, 온 힘을 다해 성을 지켜낸 선열 정신과 숨결은 온데간데없다. 후인은 성의 역사와 남아 있는 유적에 관하여 깊게 알려고도 안한다. 그나마 다행이던가. 자신의 블로그에 산성을 다녀왔다는 흔적으로 사진과 간단한 내력을, 주변의 먹을거리와 구경거리를 찾아 올린다. 산성이 고 문화유적으로서 역사적 유적지가 아닌 유원지로 변해가는 모습에 안타까울 따름이다.

무엇보다 성곽 복원이 문제일 듯싶다. 역사적 사료史料를 찾아 기존

상당산성의 겨울

대로 어렵다면, 비슷하게라도 보수되었으면 하는 아쉬움이다. 흙길은 비가 오면 질퍽대며 미끄럽다고 허연 시멘트로 도배하였고, 산의 지형을 고려한 크고 작은 자연석으로 쌓았던 성벽을 규격품의 돌로 쌓았다. 시대가 변하여 성의 역할이 다르다 해도, 성벽을 땜질한 듯 한눈에 드러나도록 쌓는 건 전통문화의 얼을 잇는 후인의 모습은 아닐 것이다.

나 또한 무지의 성에 갇혀 눈에 보이는 풍경만 탐하였으니 말을 해 무엇하랴. 먼 훗날 우리가 남긴 문화와 산물도 문화재로 남으리라. 허물어진 성곽도 선인들이 남긴 발자취이며 숨결이 살아있는 곳, 사료 연구와 보존이 시급하다.

얼마 전 나의 바람이 전해졌는지, 중부내륙 옛 산성군 7개소가 유네스코 세계유산 잠정목록에 등재되었다는 기쁜 소식이다. 수원 화성처럼 세계문화유산으로 등재되는 그날까지 마음을 다하여 홍보할 일이다.

『중부매일』, 에세이뜨락, 2010년 2월 5일,
『수필시대』, 문화산책, 2010년 3, 4월호

내가 몰두하는 것

올 들어 몰두하고 있는 분야가 사진이다. 풍경 찍기를 좋아해 틈만 나면, 들로 산으로 나돌고 싶어진다. 평일은 직장에 매여 주말만을 기다리니 감질날 수밖에 없는 상황이다. 출퇴근 길 운전 중에도 렌즈를 들여댄 듯 눈앞에 프레임이 절로 그려진다. 언제 어디서든 이런 증상은 따라다닌다. 그러다 스쳐버린 장면을 담지 못함을 아쉬워한 적이 어디 한두 번이랴.

계절과 기후 상관없이 사진 찍기에 몰두한 지 어언 일 년. 돌아보니 사진 찍는 일은 많은 시간과 노력, 상당한 에너지가 필요한 일이었다. 시간이 흐를수록 같은 장소보단 늘 새로운 곳을 갈구하며, 정보를 미리 탐색하여, 그곳을 찾은 내 발의 흔적을 사진으로 남겼다. 글쓰기도 마찬가지겠지만, 사진도 직접 체험이 아니면 좋은 결과물을 얻기가 어려웠다. 열심히 내 발로 뛰어야만 감이 잡히고 무언가 얻을 수 있었다.

어쩌다 보니 산막이 옛길을 세 차례나 찾아들었다. 무덥고 끈적이는 칠월에 한 번, 걷기에 딱 좋은 시월에 두 번. 갈 때마다 이백여 장의 사진을 찍으며 꼼꼼히 보았다고 자신했는데, 뒤늦게 나만의 착각임을 알았다. 같은 장소에서 매번 다른 느낌이었고, 사진을 정리하니 나의 시선 또한 전에 보지 못했던 걸 새롭게 발견하고 있었다.

처음 갔을 때 보지 못했던 대상이나 달라진 풍경 사진이 대변하였다. 그리고 어떤 대상이든 주변의 것으로 말미암아 달라질 수 있음을 말이다. 새롭게 발견한 고인돌 위에 핀 쑥부쟁이는 내 눈에 고인돌을 부각시켰다. 저 멀리 뱀이 스쳐 간 듯 하얀 길옆 노랗게 물든 들판은 초록이 성성한 여름에서 계절은 바뀌어 가을을 알렸다.

산막이 길 풍경도 시시때때로 변하고 있었던 것이다. 여름날 담아온 풍경이 그의 전부가 아니라는 걸 깨닫는 순간, 사람을 사귀는 일도 마찬가지일 거라는 생각이 들었다. 한 번 보고 그 사람에 대하여 모든 걸 안다고 말할 수 없듯, 여름에 본 산막이 옛길 또한 그의 전부를 보았다고 어찌 자신할 수 있겠는가.

사진을 주제별로 분류하다 보니, 사진과 수필은 닮은 구석이 많다. 특히 기행수필이 그렇지 않을까 싶다. 자신의 두 발로 뛰어야만 가슴으로 담아야만, 아름다운 풍경과 글감도 건질 수 있다. 선비처럼 안방에

제주 절물 자연휴양림

가부좌 틀고 앉아선 아무것도 얻을 수 없다는 뜻이다.

어느 곳에선 관찰자의 시선으로 세심히 살펴보아야 한다. 걷기가 어렵다고 땅만 보거나 앞만 보고 걷다간 새로운 것과 눈맞춤을 할 수가 없다. 걸으며 내 안에 모든 것을 비우고 잠자는 오감을 일깨워야 한다. 같은 길을 세 번 걸어도 보지 못한 것은, 내가 꼼꼼하지 않거나 나의 둔한 감각 탓이라 본다. 길에서 만난 대상과 하나가 될 때 내가 원하는 걸 오롯이 만나게 되리라.

무엇보다 대상에 대한 사랑이 있어야 할 듯싶다. 작은 들꽃에도 눈길을 주어야만 내 안에 담을 수 있다. 그렇다고 무작정 주위를 살핀다고 하여 자신이 원하는 것이 눈앞에 보이는 것은 아니다. 아무것도 건지지 못하고 돌아오는 날도 있다. 하지만, 대부분 담아 온 사진 중 마음이 가는 대상이나 글감 하나쯤 발견하게 된다. 사진을 자꾸 넘겨보다 보면, 정이 드는 녀석도 있게 마련이다.

들꽃 중 개망초와 쑥부쟁이가 그것이다. 둘의 모양은 비슷해 보인다. 길에서 보면 분명히 다른 꽃인데, 따로따로 무리지어 있으면 긴가민가해진다. 사진과 비슷한 녀석을 찾고자 인터넷 검색을 이용한다. 들꽃을 제대로 알고 싶은 사람이 많은지 검색 수가 제법 많다. 들꽃 하나도 그냥 스치지 않고 이름과 속성을 알고 싶어 하는 사람들, 애정이 있기 때문이 아니겠는가.

공부의 효과는 다음에 따라온다. 세 번째 산막이 길에서 만난 거대한 고인돌. 그 척박한 바위에 자리를 틀고 핀 작은 들꽃, 쑥부쟁이가 그것이다. 까치발 딛고 녀석을 처음 보았을 때 개망초인 줄 알았다. 담아온 사진을 자세히 보니 꽃잎이 연보랏빛에 길고 가늘다. 한 줄기에 세송이 꽃이 피어 쑥부쟁이라는 걸 알게 된 것이다. 이렇게 애정을 가지고 대상에 열중하다 보면, 초보자도 알음알음 얻은 정보가 탑처럼 쌓여 깨달음에 경지에 다다르게 되리라.

산막이 길에서 만난 거구의 고인돌이나 놀라운 생명력의 소유자인 쑥부쟁이엔 숨은 이야기가 있을 것만 같다. 그냥 저절로 태어난 것은 하나도 없다. 대상마다 이름이 있을 것이고, 거기에 다다른 역사도 있으리라. 다만, 우리가 무관심하게 스칠 뿐이다. 후인이 그것을 알려고 하지 않은 탓일 게다. 내 발로 걸어 그것을 찾아 제대로 알고, 독자에게 알리는 것이 작가의 의무 중 하나가 아닐까 싶다.

요즘 걷기가 대세가 아닌가. 나 또한 그 대열에 끼여 길에서 돌아와 이렇듯 사진을 두루 살피며 글을 쓰고 있다. 걷기가 유행을 타기 시작하자 지역마다 고유의 걷기 길이 탄생하고 있다. 지역의 문화를 살리기 위한 스토리텔링 공모를 하는 곳도 여러 곳이다. 참으로 다행스러운 일이다.

제주 올레길에 이어 지리산 둘레길⋯ 괴산 산막이 옛길도 그 예다. 우리의 힘으로 세운 괴산댐, 그 호수 주위의 풍광을 그대로 살려 길을 낸 곳이 산막이 옛길이다. 아침 햇살이 찾아와 호수를 간질이니 은빛 물살로 반짝거린다. 솔숲이 우거져 솔향이 넘치는 곳. 그 길에서 만난 풍경 사진을 보고 있으니 욕심이 생긴다. 산막이 길 나신의 모습(겨울)이 궁금하다. 그 자태를 원고지에 옮길 생각을 하니 벌써 가슴이 두근거린다.

『휴먼메신저』, 2010년 12월호

잘난 놈 길들이기

　일상의 소소한 행복을 물리칠 용기가 없다. 그러니 매 순간 극복할 수밖에 없는 상황에 맞닥뜨린다. 새 물건에 익숙해지는데, 왜 이리 복잡한 절차가 필요한지 모르겠다. 무언가 얻음으로써 대가를 치러야 하듯, 그것과 동화되는 시간도 꽤 필요하다. 칸트의 행복 법칙에 맞대어 '잘난 놈 길들이기' 작전에 들어간다.

　칸트의 첫 번째 명제가 '어떤 일을 할 것'이다. 나도 불편하지 않으려면 과감히 일을 저질러야 한다. 이어 이놈을 어떤 식으로든 내 것으로 길들여야만 한다. 그래야만 감정의 소요에서 빨리 벗어날 수 있다.

　핸드폰은 나의 필수품이 된 지 오래다. 깜박하고 집에 두고 온 날도 퀵서비스를 이용하여 이놈을 가져와야만 마음이 놓인다. 최근 들어 애지중지한 물건이 먹통이 된 것이 여러 번, 그럴 때마다 소모품을 바꾸는 애프터서비스를 받았다. 주위에서 만 오 년을 넘게 사용했으니 바꿀 만하다고 하지만, 내 손에 길든 기기를 바꾸려 하니 서운한 감이 있다.

무엇보다 하늘 높은 줄 모르는 기계 값도 기막히지만, 기존번호까지 바꾸라고 강요하니 탐탁하지 않았다. 오늘도 점원의 설명은 귓가에서만 맴돌았다. 기기 앞에서 한참을 망설이다 점원에게 미안한 마음을 전하며 돌아섰던 게 어디 한두 번이랴. 그래도 변화난측한 이 시대를 살아가려면 꼭 있어야 할 것 중 하나니 어쩔 수 없이 핸드폰을 바꾼다.

두 번째 명제는 '어떤 사람을 사랑할 것'이다. 살면서 사랑할 것이 어디 인간뿐이겠는가. 내 손에 들어온 이 기기를 어루만지고 길들여야만 만사가 편안해진다. 핸드폰을 바꾼 그날, 손에서 그놈을 내려놓질 못한다. 만지작거리다 머리맡에 두고 잠자리에 든다.

다음날 아침, 깨어보니 일어나야 할 시간이 훨씬 지나 있었다. 알람이 울리지 않았다. 내가 이놈을 너무 믿었던가 보다. 여러 달을 별러 손에 넣은 터치폰이 '행복기변(機變)'이 아닌 뜻밖의 난(奇變)리를 선사한 것이다. '행복'을 만천하에 알리는 물건이 나의 황금 같은 아침 시간을 어질러 놓다 못해 마음마저 상하게 했다. 그들이 부르짖는 행복기변이 때아닌 잠 벼락을 내렸다고 구시렁거리며 허겁지겁 출근을 서둘렀다.

알람 설정은 이제 식은 죽 먹기라고 자신만만해했다. 그런데 이게 웬일인가? 알람이 일요일 단 하루 설정되어 있고, 무음으로 되어 있는 게 아닌가. 딸을 불러 단단히 복습에 들어갔다. 딸은 보란 듯 '월, 화, 수, 목, 금, 토, 일' 요일을 하나하나 집게손가락으로 터치한 다음, 소리 메뉴까지 설정하여 보여주었다.

예전 기기는 알람 소리를 끌 때 눈감고 기기의 옆구리를 쿡 누르기만 하면 되었다. 그러나 이 잘난 놈은 빙그레 웃는 눈매처럼 반원을 그려야만 울림이 멈추는 게 아닌가. 기계치인 내 능력으로 터치폰의 기능을 완전정복할 수 있을지 의문이었다. 이렇게 앉아서 당할 수만 없는 일, 나도 이놈을 내 방식대로 하루빨리 길들이고 싶었다.

마지막으로 '어떤 일에 대하여 희망을 품을 것' 이다.

딸은 기계치인 나에게 영원한 구원투수다. 핸드폰 가게에 신세대 딸을 데리고 가니, 역시 기기 선택도 순조롭고 기계에 대한 두려움도 반으로 줄지 않던가. 다양한 성능의 기기가 많아 어떤 기기로 바꿔야 할지 난감하던 터에, 딸은 여기저기서 얻은 정보로 나를 기꺼이 도왔다. 무엇보다 '공짜폰' 이라고 믿고 샀다가 요금 눈덩이를 맞는 사람을 여럿 보았기에 더욱 그렇다. 기기와 요금제까지 두루 섭렵하여 나에게 필요한 기능과 설정까지 도와주며, 자신도 기기를 바꾸고 처음엔 불편했다고 위로까지 덧붙인다. 거기다 일주일만 지니고 다니면 익숙해진다고 하니 희망이 보이는 듯했다.

이튿날 긴장을 한 탓인지 알람 소리보다 삼십 분 먼저 눈이 떠졌다. 이불 속에서 뒤척이며 알람이 울리기만을 기다렸다. 드디어 "2010년 몇 월 몇 일~"란 말이 나오기 무섭게 그놈을 손바닥에 올려 달인인 양, 검지로 반원을 그렸다. 입가에 행복의 미소가 번졌다.

터치폰이 익숙해질 무렵, 알람이 시끄러워 잠결에 아무데나 누르게 된다. 그런데 소리가 바로 멈추는 게 아닌가. '에고, 정말 두어 달 열심히 반원을 그렸는데…….' 그래, 버트런드 러셀은 행복은 저절로 굴러 들어오는 것이 아니고 쟁취하는 것이라 했다. 행복에 도달하고자 겪는 불편함도 이와 마찬가지일 게다. 낯선 것을 두려워하거나 미리 체념하지 말 일이다. '그까짓 거 별거 아니군.'을 되뇌며 이 잘난 놈을 길들일 일이다.

이제 핸드폰에 반원을 그릴 일은 없다. 그래도 나에게 온 행복이 사라질까 머릿속으로 반원을 진하게 그려본다.

『중부매일』, 에세이뜨락, 2010년 7월 2일.

숨은 목각상

막 층계를 올라 입구 난간에 닿을 때였다. 부리부리한 눈매와 곧은 뿔, 벌름거리는 듯한 코. 마치 물속을 헤집고 앞으로 나아가는 물소처럼 보인다. 내 시선은 난간을 지나 천정을 받친 기둥을 보자마자 성난 표정의 개와 마주쳤다. 나를 뚫어지라 쳐다보고 있는 것 같았다. 그 옆에는 처마 밑이 연못인 양 한가하게 유영하는 거대한 메기가 존재가 하는 게 아닌가.

찻집을 들어올 때 정녕 보지 못한 조각이다. 입구를 열자 바로 눈앞 유리관에 전시된 닥종이 인형이 눈에 들었다. 거기로 달려가 인형들을 살피며 카메라에 담기에 급급했다. 그때까지도 목각상들이 내 주위에 있는 줄 몰랐던 것이다. 그리곤 인형을 사진에 담느라 뒤처진 일행을 따라가기에 바빴다.

문학 공부를 마치고 찻집을 떠날 무렵, 주위를 돌아보며 입구로 다가가던 찰나였다. "어머, 세상에~." 절로 감탄사가 터졌다. 왜 들어올 때 보지 못했을까. 고사 상에나 오를 법한 환한 미소의 돼지를. 입구부터 이어진 난간과 기둥, 천정에 조각들이 이렇게 많았는데 말이다. 그제야 숨겨진 보물을 찾아낸 양 기뻤다.

조각도 조각이지만 그들이 있는 위치에 놀랐다. 난간과 기둥, 그리고 천장 테두리와 그 아래에 존재했다. 나무를 잘라 자신이 원하는 대로 조각하는 것은 쉬운 일이다. 그러나 이 목각상들은 나무의 고유 형태에서 껍질만 벗겨 통째로 가져온 것 같다. 또 가지 부분을 다 잘라내지 않고, 툭 불거진 가지에 부엉이를 조각하여 살렸다는 점이 신선한 충격이었다.

마치 부석사 무량수전 배흘림기둥과 비슷하다고 할까. 불국사 스님들의 처소인 부엌으로 들어가는 입구에 누워있는 굽은 적송도 마찬가지다. 어찌 보면 개심사 심검당도 엄청나게 휜 소나무를 자연 상태 그대로 놓아 유명해지지 않았던가. 이 모두 가공하지 않은 채 건축 부자재로 사용한 덕분이다. 찻집의 목각상도 비슷한 모습이다. 나무의 형태를 가공하지 않고, 자연미를 살려 그 위에 조각한 것이다.

조각의 내력을 주인에게 물어보고 싶은 심정도 있었지만, 참았다. 목각상을 하나하나 카메라에 담느라 일행과 멀어진 터라 아쉬웠지만

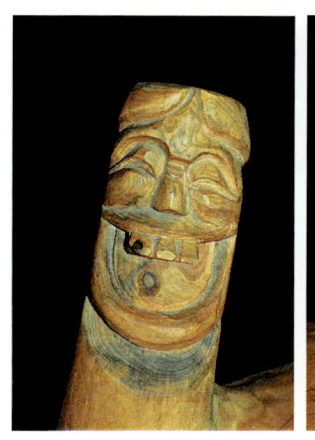

인천 차이나타운_ 토촌

그 자리를 떠날 수밖에 없었다. 대부분의 사람은 깨끗하게 가공한 제품들을 좋아한다. 그리고 찻집을 호화롭게 치장하고 싶은 충동도 일었으리라. 그러나 이곳 주인은 멋과 자연을 아는 분 같다. 자연의 산물 그대로 옮겨와 그 자리에 어울리는 작품을 보여주고 있잖은가.

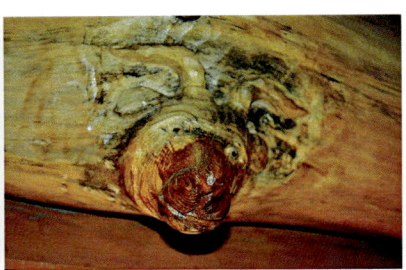

인천 차이나타운_ 토촌

목각상은 마치 혼을 불어넣은 양 살아 있는 듯하다. 나는 조각가를 모른다. 그러나 나에게 감동을 준, 신기한 작품을 탄생한 그에게 마음으로 힘찬 박수를 보낸다. 돌아올 때 찻집에 미련을 남기길 잘한 것 같다. 시간이 되면 다시 한 번 꼭 찾아보리라. 그때는 그집 주인과 조각가에 관하여 물어볼 것이다.

마음을 여는 일은 그리 쉽지 않다. 진득이 그의 작품들을 감상하며 많은 시간을 보낸 후 대화를 나누리라. 낯모르는 그라도 내가 자신의 작품을 알아주었으니 나를 만나주리라. 언제가 만나면 여유롭게 서로 받아들이며 이야기보따리가 터지리라 본다. 벌써 마음이 마구 설렌다.

양념

입 안이 얼얼하다. 붉게 달아오른 얼굴 가장자리에 소스락소스락하게 구슬땀이 맺힌다. 혀끝이 아려도 젓가락질을 멈출 수가 없다. 도대체 이놈의 정체가 무엇인가. 계속 먹다가는 미각이 마비될 지경이다. 기어이 눈물을 질금거린다. 결국, 이놈이 내 눈물을 보고야 만 것이다.

낙엽들이 뒹구는 스산한 가을날이었으니, 음식 선정은 아마도 계절 탓이었으리라. 특별할 것도 없는 콩나물만 푸짐한 아구찜. 그 앞에서 눈물콧물 짜고 있으니, 물고기 조상이 본다면 얼마나 통쾌해할 일인가. 그놈의 벌건 양념 탓이다. 아마도 물 건너온 고춧가루(?)일 것이다. 식당 주인을 불러 출처와 성분을 물어볼 수도 없고, 그저 머릿속에서 추측만 무성할 뿐이다.

'아구찜'은 매운맛으로 먹는다고들 한다. 나도 싱거운 음식보단 맵고 짭조름한 걸 즐기는 편이다. 그래도 이건 아니다. 매운맛과 텁텁함이 지나친 감이 있다. 아귀 고유의 맛은 온데간데없고 고추의 매운맛만 살아 나의 미각 세포에 불을 지르고 있다. 마치 온몸을 태워버릴 듯 말이다.

찜을 먹고 돌아온 그날 저녁에 가만히 앉아 있을 수가 없었다. 뱃속에서 전쟁이 일어난 듯 끄르륵끄르륵 요동을 쳐댔다. 결국엔 비싼 음식을 소화시키지 못한 채 화장실에 모조리 쏟고야 말았다. 평소에 매운 걸 좋아하지만, 그날만큼은 내 뱃속도 받아들일 수가 없었던가 보다.

요즘 사람들이 매운 음식을 즐겨 찾는다는 기사를 본 적이 있다. 경제도 어렵고 직장 구하기가 하늘의 별 따기인데다, 무엇 하나 술술 풀리는 것이 없다고 걱정이 태산이다. 음식이라도 화끈하게 먹어보자는 심산인가 보다. 그래선지, 탕이나 찜 종류의 음식은 거의 매운 수준이다. 두 뺨을 붉히고 구슬땀을 흘리며 음식을 먹는 사람들을 보면 마치 성이 난 사람도 같고, 욕구 불만을 해결하려는 양 맞불질하는 느낌이다. 사람들의 성격이 급하고, 섞을 삭이지 못하는 성향이 아마도 식습관과 관련이 있지 않은가 싶다.

나도 성격 급하기론 둘째가라면 서러울 정도다. 얼마 전 고추를 써는 나에게 딸이 핀잔을 주는 게 아닌가. "엄마는 고추가 들어가지 않으면 음식이 되질 않는가 봐요."라고 말이다. 돌아보니 모든 음식에 양념으로 매운 고추를 넣고 있었다. 짜지 않고 담백한 음식이 건강에 좋다고들 하지만, 나 또한 맵고 칼칼한 음식을 즐기고 있었던 것이다. 직장 일로 외식을 자주 하다 보니 내 입맛도 식당 음식에 길들었던가 보다.

요즘은 주재료가 무엇인지 모를 정도로 양념을 앞세우는 것이 대세인 듯싶다. 음식은 물론 서점에서도 엿보인다. 얼마 전 읽은 책이 수십여 권을 한꺼번에 만날 수 있는 요점정리를 잘한 도서다. 흥미로운 단어들로 치장하여 책 속으로 빠져들게 한다. 어찌 보면, 소개된 책 전부를 읽지 않고도 읽은 효과를 누릴지도 모른다. 하지만 제목, 저자 이름, 간단한 내용은 알 수 있으나, 누구나 깊이가 없음을 알 것이다. 시간이 흘러 몇 권의 책이 뇌리에 남을지 의문이다.

인터넷에 오른 도서 배너광고나 서평의 자극적인 단어는 매운 고추와 별반 다름없으리라. 사람을 홀리는 자극적인 양념일 뿐이다. 어떤 이는 독자가 원하니 이런 책도 출간되는 게 아니냐고 말할지도 모른다. 그러나 그 책을 엮은이의 시선으로 바라본 것이 전부인 양 오인할까 염려에서다. 섣부른 시선으로 잠재된 창의성마저 싹을 없애는 건 아닐까. 아니 독자의 사고의 자유를 옭아맨다는 느낌을 지울 수가 없다.

직장인들은 바쁘다는 말을 입에 달고 산다. 나 또한 서점에 가려면 차를 타고 시내로 나가야 하는 번거로움에 인터넷 도서를 자주 이용하는 편이다. 할인에 포인트 적립이라는 경제성과 다음날 책을 받아볼 수 있다는 편리성에서다. 그러나 요란하게 치장된 문자에 현혹되어 주문한 책이라면, 운송비 부담에 반품하는 번거로움을 감수해야 할 것이다. 짬날 때마다 인터넷 서점에 들러 꼼꼼히 서평을 읽지만 마음의 경계를 늦출 수가 없다.

양념이 주재료인 양 행세하는 시대라지만, 도가 지나치면 탈이 나는 법이다. 매운맛이 지나쳐 배탈이 났듯 말이다. 음식에 고추를 과하게 넣으면, 주재료의 맛은 사라지고 양념 맛만 느끼는 것과 같으리라. 작가가 애면글면 글 한 편을 완성했지만, 무엇을 말하고픈 건지 주제 파악이 되지 않는 것과 무엇이 다르랴. 양념으로 던진 화려한 미사여구에 낚이지 말고 꼼꼼히 따져 볼 일이다. 인터넷 서평을 읽는 걸로 끝나지 말고 마음에 드는 책을 적바림해 두었다가, 서점에 나가 느긋하게 책을 고르는 여유도 삶의 깊이를 더해가는 데 한몫을 하리라.

인간사도 마찬가지일 듯싶다. 양념의 조화로운 배합은 음식의 맛을 높인다. 우리의 삶도 음식의 조력자인 양념처럼 살 수는 없을까. 무리에서 융합하지 못하는 사람은 외롭다. 직장에서도 내 일 네 일 따지지 않고, 모두에게 도움을 주는 사람이 인정도 받고 인기도 높다. 인생을 두루뭉술하게 살기도 쉽지 않을 터이다. 그러나 혼자만 잘살아보겠다고 나서는 사람 때문에 일을 망치는 경우를 종종 볼 수 있다. 주위 사람들이 받을 마음의 상처는 안중에도 없는 사람이기에 안타까울 따름이다.

나무들이 하나 둘 옷을 벗는다. 추위가 닥치기 전에 김장 채비를 서둘러야 할 것 같다. 갖가지 재료를 챙기며 이런 생각에 다다른다. 김치의 우두머리인 배추처럼 사는 것도 멋지리라. 그런데 음식 맛을 돋우는 데 감초 격인 마늘로, 배추 켜켜이 스며들어 곰삭아도 좋을 듯싶다. 적당히 익은 김장 김치를 죽죽 찢어 따순 밥 위에 올려 먹을 생각하니 군침이 돈다. 겨우내 입맛을 돋울 양념에서 인생을 은근히 익혀가는 중이다.

『현대수필』, 2010년, 가을호.

3 · 기도하는 소녀

소녀의 기도는 연중무휴이다. 내가 볼 때나 보지 않을 때에도 그녀는 두 손을 모으고 있다. 작은 두 손은 손바닥을 붙여 가슴 위로, 두 다리는 신에게 가까이 다가앉으려는 양 무릎 꿇은 자태다. 소녀의 시선은 하늘을 향하고, 입술 또한 무언가 간절히 읊조리는 모양이다. 그 모습을 보면 볼수록 감탄을 자아낸다. 어찌 저리 간절히 비손할 수 있으랴.

잠

바닷바람에 나부끼는 흰 깃발이다. 옆에선 파란 천막이 공중에서 노닌다. 시선을 낮추니 바닥에 검은 점 하나가 눈에 들어온다. 가만가만 다가간다. 발목 물 찰랑대는 물결 소리가 전해질까 조심스럽다. 드디어 그의 자태가 드러난다. 썰물로 드러난 바닷길 위에 자신의 안방인 양 드러누운 남자.

깊은 잠이었다. 분명히 여러 소리가 그의 고막을 울렸을 터인데 아무런 기척이 없다. 파도와 갈매기의 울렁거림이 자장가로 들리는가 보다. 그가 드러누운 바닥은 굴을 캐고 난 빈 껍데기가 닥지닥지 붙은 돌무더기이다. 편평한 갯벌이 하고많은데 왜 하필 딱딱하고 까슬까슬한 돌 위란 말인가. 언제 닥쳐올지 모르는 밀물의 의식도 없이 그는 누워 있다.

바닷가를 둘러본다. 드넓은 갯벌 위에선 관광객이 조개를 잡느라 한창이다. 저들도 나처럼 휴가지로 섬을 선택한 사람들일 게다. 장고도는 인적이 드문 개발이 덜 된 곳이다. 책자나 인터넷에서 섬의 정보를 찾아본 이라면 알고도 남으리라. 섬에 오려면 한 달 전에 예약을 마쳐야 하고, 변변한 식당이 없어 식단표를 작성해 먹을거리를 챙겨야 한다.

무엇보다 한 시간 전에 항구에 닿으라는 말을 어기면 발을 동동 구르게 된다. 허겁지겁 도착하여 표를 끊었으나 여객선엔 짐차를 실을 공간이 없다고 한다. 대가족을 동반한 우리도 어김의 대가를 톡톡히 치른다. 섬에 먼저 닿은 가족은 짐을 기다리며 배를 쫄쫄 곯아야 한다. 성미 급한 섬 손님은 숙소에 짐을 풀자마자 조개를 잡으러 바다로 내달린다.

갯벌은 금세 밭을 일군 듯 파헤쳐진다. 둘, 서넛씩 바닥에 주저앉거나 허리를 구부려 조개를 잡는 일에 몰두한다. 호미와 삽으로 파헤친 갯벌은 마치 경작해 놓은 대지 같다. 막내 제부가 허리를 펴다가 자신이 파놓은 갯벌을 보고는 흠칫 놀란다. 텃밭을 이렇게 일구면 농사는 분명히 대풍이겠지 생각한 모양이다.

인간의 욕심은 언제 어디서나 발동하는가 보다. 조개를 재미로 잡는다지만, 욕심은 허리조차 굳어가는 줄 모른다. 이카로스는 과욕으로 말미암아 자신의 날개가 태양열에 녹는 줄도 몰랐다던가. 아픈 허리를 손으로 짚고 함지에 담긴 조개를 보며 내심 흐뭇해하지만, 굳어진 허리를

장고도

퍼느라 밤새 조개 타령을 하리라.

휴가가 '휴식' 이란 타이틀이라면, 나처럼 금세 조개잡이도 싫증이 나리라. 일상을 벗어나 섬으로 편안한 휴식을 취하러 온 것이지만, 대부분 사람은 진정한 휴식의 의미를 생각지 않는다. 떠나온 목적보다는 탐심만이 파도처럼 밀려온다.

사진 기사를 자청했지만 이내 무료해진다. 천천히 갯벌을 벗어난다. 큰 바위에 청송이 고슴도치처럼 생긴 섬 안에 섬, 명장섬이다. 모두 조개잡이에 여념이 없어서일까. 섬을 구경하는 이는 그다지 눈에 띄지 않는다. 명상이라도 하듯 갯벌을 향해 시선을 고정한 건 갈매기 무리뿐이다. 저들은 바다가 심어 놓은 열매를 탐하는 인간군상을 그저 무념무상으로 바라보고 있다.

역광선인 바다는 은빛 물살로 찬란하다. 바다로 달려가는 검은 그림자는 부모의 조개잡이를 지켜보거나 함께 놀아달라고 보채다 지쳐버린 아이들일 것이다. 두 팔을 휘저으며 마치 새처럼 은빛 물살과 노닐고 있다.

명장섬을 휘돌아보고 갯벌로 돌아가는 길이다. 썰물로 드러난 바닷길 위에 홀로 잠든 남자를 발견하고야 섬에 온 의미를 깨닫는다. 바닷가에서의 진정한 휴식 자는 잠든 남자와 아이들이리라.

검버섯 핀 그의 얼굴은 평화롭다. 나비잠의 자태다. 그가 누운 바다는 양수의 또 다른 의미인가. 태초의 자리, 어머니의 자궁을 떠올리려는 건 아닐까. 태아가 모체에서 깊은 잠을 자듯 그는 지금 잠들었을지도 모른다. 밀물과 썰물이 오가는 바다가 아닌 지상에서 최상의 안식처라고 그의 표정이 말하는 듯하다.

그가 무언의 깃발을 전한다. 백기가 그의 말을 대변하는가. 모든 걸 내려놓고 싶었다고. 내 안에서 무시로 꿈틀거리는 욕망, 질투, 분노, 고통으로부터의 항복이다.

저물어가는 해가 바다의 표정을 바꾼다. 보석처럼 반짝거리던 은빛 물결이 이제 황금빛 물결이 되어 술렁거린다. 살갗에 스치는 바람 또한 서늘하다. 머지않아 밀물이 바로 밀려들리라. 숙소로 향하는 내 눈길과 발길이 그에게서 떨어지지 않는다. 그는 아직 거기 그대로다.

삶에 재충전의 시간은 끝났다. 이제 당신도 나도 세상으로 돌아갈 시간이다. 그에게 새롭게 태어날 시간이라고 텔레파시를 보낸다. 시나브로 잠에 들 시간이 임박한다.

『계간수필』, 2010년, 봄호.

무심천

봄은 약속이나 한 양 어김없이 천변으로 돌아왔다. 그를 목메어 기다린 사람도 없건만, 한사코 돌아와 우리를 반긴다. 꽃들이 꽃망울을 거침없이 터트리고 있다는 건, 천변이 주가를 올릴 날도 머지않았다는 증거다. 발 없는 말은 꽃 소식을 달동네 아무개에게도 알리고 말리라. 사람들은 머지않아 꽃구경을 핑계로 이름난 일탈(만남)을 감행하리라. 모두 제 발로 달려와 듣기 좋은 말로 천변을 마구 흔들어 댈 것이다.

연일 매체에선 아래 지방에 매화꽃이 구름같이 피었다고 보도한다. 내 고장 무심천 언저리에도 벚꽃과 개나리가 흐드러졌다. 그들이 손짓하는 곳으로 가지 못하는 내 처지와 비슷한 사람들은 '천변에서 만나자.' 는 약속을 하느라 전화통이 불이 날 것이다. 나도 덩달아 휩쓸린다.

가족과 직장 동료, 연인일 것 같은 사람들, 그리고 아이들이 좋아하는 솜사탕 파는 아저씨도 보인다. 종일 봄꽃을 즐기는 사람들로 북적댄다. 하천 주변은 꽃이 피고 지는 내내 인산인해人山人海, 아니 인천인해人川人海일 것이다.

역시 천변은 밤낮없이 문전성시를 이루었다. 그러나 사람들은 벗나무 아래서 만개한 꽃 타령만 할 뿐, 정작 자신의 곁을 내준 하천의 유구한 역사의 언급은 한마디도 없다. 오로지 자신의 일들을 토해낼 뿐이다. 만약 천이 귀를 열었다면 서운할 터이다. 아이들이 가재 잡고 물장구치던 하천의 예전 모습은 정녕 옛이야기로 사라진 것일까. 그래, 젊은이들이 어찌 하천에서 정겨웠던 놀이를 알 턱이 있으랴.

여름 방학이면, 시내 일원 학생들 손에는 낫 한 자루씩을 들고 천변으로 모였다. 여름내 무성히 자란 풀을 베는 행사가 이루어진다. 그 행사는 우리 손으로 태풍과 장마를 대비한 일이기도 했다. 공부가 우선인 요즘 아이들에겐 어림도 없는 일이지만 말이다. 만약 그 시절처럼 풀 베는 일을 하라면, 학생들은 어떤 표정을 지을까 궁금하다. 그리 보면, 그 시절 우리는 친구네 집 농활도 자처하며, 하천 풀베기 봉사도 노닐며 하였던 것 같다. 자연스레 자연과 함께한 시간이 많았던 우리다.

삼십 도를 오락가락하는 염천에 허리쯤 자란 풀을 베는 일도 친구들과 함께하여 어렵지 않았다. 학교마다 풀 베는 구역을 배정받았기에 풀베기 하며 '누가 빨리 풀을 베나.' 내기를 했던 것도 같다. 밭에서 돌

무심천의 가을

아온 농부의 옷에서 풍기는 땀내가 날 정도로 열중하였다. 일을 끝내고 학교 앞에서 즐겨 먹던 '냉면과 고로케'는 또 얼마나 꿀맛이었던가. 모기란 놈에게 자진 헌혈을 하면서도 웃음이 넘치던 그 시절, 우리의 마음은 자연을 닮아 순수 그 자체가 아니었나 싶다.

우리 고장의 젖줄은 무심천이다. 하천을 경계로 구를 나뉜다. 대부분 구를 넘지 않으려는 안주 경향이 있다. 그러나 도심 중심에 난 하천이니 일을 보려면 넘나들 수밖에 없다. 돌아보면, 천은 우리 생활 깊숙이 밀접하게 존재한다. 장마 들어 물이 차는 날 빼고는 천에 걸친 징검다리를 건너거나, 자동차로 천변의 다리를 수없이 오갔다. 바쁘다는 핑계로 무심코 지났다고 말하나, 나의 눈과 발로 부딪혔으니 어찌 익숙한 풍경과 끈끈한 정이 들지 않겠는가. 천변의 하상도로를 통하여 하루의 시작과 마감을 짓는 사람이 많다. 이렇듯 하천은 시민과 뗄 수 없는 관계를 맺고 있다. 생활에 소중한 공간이기에, 고장의 젖줄이라고 부르는가 보다. 천에 흔들리는 물결을 바라본다. 저 물결처럼 내 가슴도 무시로 흔들거린다. 나도 모르는 사이 내 안에 순연한 감성을 부르고 있는 거다. 천에 흐르는 물결처럼, 흔들리는 갈대처럼 가만가만히 말을 건넨다. 그 묘한 감정은 지치고 팍팍한 내 삶의 새로운 기운을 불어넣어 주는 것 같다.

이런 묘한 감정을 계절이 주는 풍경 탓이라고 치부한다면 어설픈 생각이다. 이 길로 출퇴근 한지가 십수 년이 넘는다. 꽁꽁 얼었던 천이

녹아 연둣빛 새싹들이 손짓하는 봄도, 줄가리만 남아 바람에 휩쓸리는 억새의 군무를 즐기는 겨울도 그 나름의 멋은 있었다. 무엇보다 긴긴 세월 간절한 마음을 품은 이들이 이 길을 걸어왔기 때문일까. 천변에는 위안과 치유의 힘이 서려 있었다. 뜨거운 욕망 덩어리를 가슴에 끌어안고 들볶다, 이곳에서 마음의 빗장은 쉬이 풀려 빈 마음으로 돌아왔다. 무심천은 어느 절에 내 가슴 깊은 곳까지 차지하고 나의 정서를 관장하고 있었던 것이다.

바람이 불자 꽃보라가 일어난다. 화무십일홍花無十日紅이다. 그리 성하고 화려했던 봄날도 이렇듯 허무하게 스러져 간다. 우리네 한생도 이런 것이려니 생각하니, 마음공부 한 수 배운 셈이다. 이제 봄의 장막도 천변의 짧은 인기도 막을 내릴 때가 된 것이다. 그러나 내년 이맘때 다시 볼 수 있다는 희망이 있기에 덧없지만은 않다. 계절이 주는 하천의 그윽한 풍경과 이곳에서 엮었던 온정은 그리움의 잔영으로 남아 가슴의 현을 건드리고 스쳐갔다.

꽃비가 오달지게 내렸으니 바통을 이어받아 나뭇잎들은 검푸른 빛으로 출렁일 것이다. 그리고 천을 스쳐온 바람과 합세하여 시원한 그늘을 선사하리라. 예전에도 그래왔던 것처럼 사람들은 하천을 중심으로 그 언저리를 빨리 걷거나 자동차로 스치거나, 징검다리를 부지런히 건넌다. 나 또한 출근을 서둘고자 대교로 오른다. 천을 바라보니, 우리네 분주한 일상과 다르게 물은 무심히 흘러가고 있다.

『중부매일』에세이뜨락, 2011년 4월 8일, 계간 『에세이문예』 2011년 여름호.

기도하는 소녀

소녀의 기도는 연중무휴이다. 내가 볼 때나 보지 않을 때에도 그녀는 두 손을 모으고 있다. 작은 두 손은 손바닥을 붙여 가슴 위로, 두 다리는 신에게 가까이 다가앉으려는 양 무릎 꿇은 자태다. 소녀의 시선은 하늘을 향하고, 입술 또한 무언가 간절히 읊조리는 모양이다. 그 모습을 보면 볼수록 감탄을 자아낸다. 어찌 저리 간절히 비손할 수 있으랴.

지지난해 남쪽지방 매화축전에서 데려온 토우에 딱히 붙일 이름이 없어 '기도하는 소녀'라 하였다. 손바닥 크기보다 약간 큰 토우를 침대 옆 탁자에 두었다. 그리고 사찰 기행 중 '깊고 간절한 마음은 닿지 못하는 곳이 없다네.'란 글귀가 적힌 수건을 사 토우 아래 깔았다. 두고두고 보아도 잘 어울리는 소녀와 글귀였다.

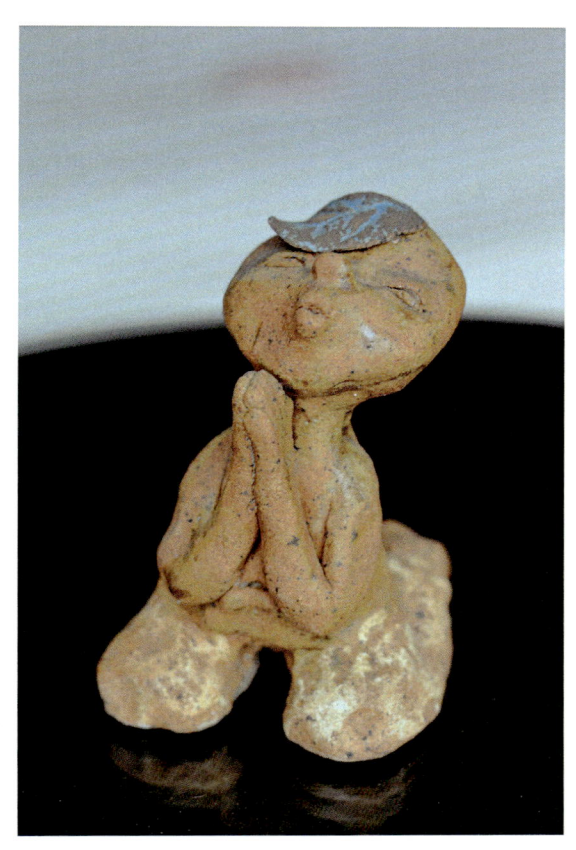

토우_ 기도하는 소녀

내가 눈을 뜨거나 감을 때 제일 먼저 마주치는 토우. 마주칠 때면 나도 기도를 해야만 할 것 같은 심정이 든다. 어느 날인가부터 나도 모르게 마음속으로 그날의 일들을 되새김질하는 나를 발견한다. 그 일이 기쁜 일이면 누군가에게 감사의 마음을 읊조리고, 불편한 일은 어느새 머릿속에 그려져 내 행동을 돌이켜보는 시간이 되었다. 더 나아가 이웃을 위하여 간구하고 있는 것이 아닌가.

그렇게 기도하는 소녀는 분주한 내 삶에 자연스레 명상을 유도하였다. 처음에는 아무데서나 눈을 감고 얕은 생각에 들었으나, 그 생각은 점점 나에게 기도로 전이되었던 것 같다. 어쨌거나 이런 나의 행위는 다람쥐 쳇바퀴 돌듯 무미건조하고 딱딱하게 굳어가는 내 일상에 숨통을 틔워준 셈이다.

얼마 전 섭지코지의 배꼽이라 불리는 곳에 있는 지니어로사이를 찾았다. 직장 일에 매여 팍팍하게 살아가는 나로선 신비로운 공간이었다. 건물 좌우 벽면을 타고 흐르는 폭포와 가로로 열린 틈새로 보이는 성산일출봉은 새로운 시선이었다. 길고 좁은 현무암 복도를 걸으며 열린 천정으로 들어온 푸른 하늘은 더욱 푸르게 보였다. 자연과 인간을 자연스레 이어주는 공간이었다.

지니어로사이는 이 땅을 지키는 수호신이라는 뜻을 지닌다. 태고부터 간직해온 대지의 정기가 숨 쉬는 곳. 현대 건축의 거장이자 세계적인 아티스트 안도 타다오(Tadao Ando)는 제주를 올바로 알고 이 땅에서 나는 물상으로 이곳을 설계하여 더욱 친근하게 다가가게 하였다.

현무암으로 세운 높은 벽면의 좁은 복도를 돌고 돌다가, 어느 방에서 벽면 가득 나무의 영상이 흐르는 스크린에 시선이 멎는다. 바닥에 방석이 펴 있는 걸 보니 앞서 설명한 명상공간인가 보다. 한 그루에 나무의 모습이 시시각각으로 변한다. 사계절이 유유히 흐르며 보여주는 나무의 삶을 시공간적 의미로 새롭게 인식된다. 특히 가을 나무에서 나뭇잎이 우수수 떨어져 나목이 되는 장면에선 지금의 내 모습과 겹쳐지는 게 아닌가.

지니어로사이에서 전시된 문경원 작가의 미디어 아트 'Diary, 2007'. 하루하루가 쌓여 삶을 이루는 시간 과정과 하나의 존재로 규정되어가는 여정을 담고 있다. 누구에게나 똑같은 나무가 나에겐 특별한 나무가 될 수 있단다. 복잡한 머리를 비우고 태초로 돌아가 나를 돌아본다면, 이 나무는 나처럼 자신의 존재를 확인하는 기회가 될 것이다.

나무에게서 '내가 누구인가?'라고 묻는 법을 배운다. 나는 지금 저 나무의 삶 중, 어느 즘에 머물러 있는가를 자문한다. 인간의 삶은 유한하다는 진리 앞에 왜 그토록 분주하게 자신을 잃고 살아가는지를. 이어 'Diary, 2007'은 분주하게 살아가는 현대인에게 하루 중 잠시 잠깐 필요한 시간인 명상을 알게 한다. 과거와 현재의 삶을 돌아보고, 아니 미래의 삶까지 살펴준다.

오늘도 어김없이 눈을 뜨자마자 침대에서 내려와 몸을 바르게 하고 앉는다. 이어 기도하는 소녀처럼 두 손을 가슴께로 모은다. 처음에는 소녀를 흉내 내는 것 같아 머쓱했지만, 지금은 그런 생각마저 사라지고 없다. 아침이면 으레 고요히 눈을 감고 앉아 기도한다. 엉킨 실타래처럼 복잡한 생각은 온데간데없다. 나날이 생각은 가벼워지는 느낌이다.

　기도나 명상, 어떤 것이든 상관없다. 그것은 메마른 땅에 물주기, 내 삶에 여유 주기이다. 그동안 스스로 만든 걱정과 근심이란 놈이 활개 치니 하루도 편안한 날이 있었겠는가. 내 나름의 방법으로 복잡한 심경을 다스리니, 머리는 맑아지고 생각은 더없이 명료해진다.

「중부매일」 에세이뜨락, 2011년 5월 20일.

도시의 노을

요즘 난 안달하는 게 하나 있다. 퇴근 무렵, 창가에 붉은 기만 돌아도 마음은 이미 밖으로 달려간다. 수평선이 보이는 넓고 넓은 바다도 아니고, 시내가 한눈에 보이는 확 트인 산정도 아니다. 내가 원하는 것은 내 일상의 범주 안에서 그 작업을 내 손으로 이루는 것이다.

사진을 배우며 그 사명감은 더욱 불타오른다. 하늘의 윗부분은 희미한 푸른빛으로 감돌고, 지상으로 내려갈수록 노랑빛에서 주홍빛으로 물드는 도시. 생각만 해도 한 폭의 아름다운 그림이다. 거기에 드넓은 하늘에 군데군데 구름이 흐른다면 금상첨화가 아닌가.

그러나 자연의 상태를 내 마음대로 조정할 수 없으니, 그 시기를 고요히 기다리는 수밖에 없다. 저물 녘 산봉우리 뒤편으로 찰나에 떨어지는 노을을, 그 순간을 담고 싶어 나의 엉덩이는 매번 들썩였다. 도시의 노을을 카메라에 담는 일은 기다림의 연속이란 걸, 그 작업은 마음먹은 것처럼 쉽지 않은 일이다.

드디어 그날이다. 퇴근과 동시에 운전대를 잡고 사진 촬영에 적합한 장소를 찾아 돌고 돈다. 46층 아파트 동과 동 틈새로 들어온 붉은 태양을 담고 싶어서다. 내가 담고 싶은 장소가 8차선 도로변에다 퇴근 시간까지 맞물려 귀가 차량이 많아진다. 도로 주변에는 주차정지란 안내 표시가 떡 버티고 서 있다. 하늘을 바라보며 주변을 돌고 돌다가 그만 놓쳐버린 적이 어디 한두 번이던가. 차창과 백미러에 비친 붉은 빛만 힐끔거리다 아쉽게 집으로 돌아간 적이 많다.

아파트 틈새로 들어온 태양을 내 위치에서 노을을 담는다는 건 나만의 욕심이다. 주위 환경이 받쳐주지를 않기 때문이다. 지난번처럼 회사 옥상으로 올라가 감상하는 걸로 나의 욕망을 접어야 하리라. 창고 귀퉁이에 태양이 머물며 오묘한 빛을 발산하다가 스러지는 풍경은 황홀하다. 시간이 흐를수록 주위에 낮은 건물들은 노을빛으로 검은 실루엣으로 남아 운치를 더한다. 지금도 그 풍경이 생생하게 잊히지 않는다.

어찌 보면, 노을은 우리의 일상에서 하루의 마감을 의미하는 것 같다. 하루를 열심히 살아낸 사람에게 오늘을 다시금 돌이켜보라는 뜻도 있으리라. 그런데 우리는 어떠한가. 노을이 지는지도 모르고 아니 아예

청주산업관리공단 내

관심조차 없는 이들이 더 많다. 신이 준 자연의 선물을 외면한 채로, 그저 먹고 사는 일에 종종대며 생업에 몰두하고 있다. 그래서 점점 우리의 가슴은 돌덩이처럼 딱딱해져 가는 건 아닐까 싶다.

나는 어느 때부터인가부터 스러지는 노을을 보면, 그 노을빛이 따스한 어머니 품속처럼 편안한 느낌이 든다. 금방이라도 어머니가 애썼다고 나의 등을 토닥거려줄 것 같다. 그리고 밀레의 그림, 〈만종〉에 나오는 농부처럼 마음속으로 '오늘 하루 잘 살았다.' 라고 감사의 기도를 드리는 거다. 그렇게 겸허한 마음으로 하루를 또 하루를 산다면, 문제가 될 것이 없으리라. 넘치는 욕망과 불만족스런 마음도 순수하고 편안한 마음으로 정화되리라.

마음을 정화하는 일도 노력이 필요하단다. 사진을 잘 담기 위해선 우선 가슴으로 느끼는 무언인가 있어야 한다. 언젠가 나에게 그림 같은 여유가 주어지는 날도 있으리라. 난 그날을 위하여 준비하고 연습하리라. 그 어느 날에 내가 원하는 붉은 노을을 담으리라 믿으며 다시금 작은 희망을 품는다.

차이差異

고샅길을 따라 무작정 걷습니다. 짙푸른 삼나무 숲을 지나, 검은 돌담을 두른 연둣빛 이파리가 너울대는 당근밭을 수없이 지납니다. 내가 사는 육지의 풍경과 많이 달라 마음이 마구 설렙니다. 주위에 펼쳐지는 연초록 빛깔만으로도 일상의 지친 나를 격려하는 듯, 가슴이 탁 트입니다.

주위 풍경에 팔려 걷다 보니 야트막한 산이 떡 버티고 있는 걸 몰랐습니다. 완만한 어머니의 젖무덤 같은 산, 내가 올라야 할 오름 가운데 하나죠. 갓 피어난 억새가 너울대는 오름은 거의 45도 각도쯤 될 것 같아요. 고개를 들면 하늘로 오르는 길인 양 가파릅니다.

오름에 약한 나는 역시나 초입부터 헉헉거립니다. 고질병인 허리에 복대를 둘러 불편하지만, 마음만은 새털같이 가볍습니다. 호흡을 고르려 말뚝에 기대어 올라온 길을 뒤돌아봅니다. 그런데 이게 웬 횡재랍니까? 성산 들판이 한눈에 훤히 들어옵니다. 나도 모르게 두 손을 번쩍 들어 '만세'를 부릅니다.

도시처럼 높은 건물이 즐비한 것도 아니고, 그렇다고 죽죽 뻗은 도로가 있는 것도 아니지요. 그저 짙푸른 나무와 연둣빛 들판, 멀리 바다가 보일 뿐입니다. 단순한 그것들을 보고 감탄사를 쏟아낸 거랍니다. 스친 풍경은 시작에 지나지 않는다는 걸 더 오르고서야 알았답니다. 앞선 이들이 나를 보고 호들갑을 떤다고 얼마나 웃었을까요.

아무려면 어떻습니까. 명절 밑에 이렇게 나다닐 수 있다는 것만도 행복한 사람이지요. 이즈음이면 가족들의 먹을거리를 고민하고 있을 겁니다. 이런저런 생각을 하니 이 시간이 나에게 너무나 소중하다는 걸 다시금 깨닫습니다. 그래요. 마음껏 보고 즐기고 느끼고 가렵니다. 다람쥐 쳇바퀴 도는 생활을 잊은 채 걷고 또 걸을 작정입니다.

오름의 정상입니다. 크고 작은 자투리 천을 이어 조각보를 펼쳐놓은 듯 드넓은 성산 들판이 한눈에 들어옵니다. 멀리 짙푸른 바닷물과 다르게 해안가, 하얗게 보이는 백사 해수욕장과 빨간 점처럼 보이는 등대. 오른쪽으론 일출의 감동을 안겨주었던 성산일출봉이 보이고, 왼

제주올레길 1코스_ 알오름

쪽으로 소가 누워있는 것처럼 보인다는 우도가 보입니다. 가축들이 이런 경치를 즐기고 있었다니 '소 팔자가 상팔자?'라고 생각하니 웃음이 터집니다.

내가 오르는 오름은 소와 말을 방목하는 사유지랍니다. 올레길을 만들며 닫힌 철문도 열리게 된 줄 압니다. 말미오름은 가축들의 천국입니다. 이제야 사람과 가축이 함께하게 된 거지요. 가축들 세상에 갑자기 사람들이 거치적거리니 소들이 반가워할 리는 없겠지요. 하지만 멋진 길을 고안한 분과 사유지를 이방인에게 흔쾌히 문을 열어줘 고맙기 짝이 없습니다.

내려오는 길에 일행이 소똥을 밟았습니다. 방금 느꼈던 감동은 깡그리 잊은 채, 미끈거리는 느낌이 싫다고 얼굴을 찌푸리며 투덜거립니다. 방목지이니 배설물이 여기저기 널려 있는 건 당연한 일이지요. 소의 덩치답게 배설물도 푸짐합니다. 순간 그 배설물이 나에게 무언의 깨달음을 던져줍니다.

오름에서 보았던 말과 소의 배설물의 형태가 다르듯 사람의 모습도, 성향도, 모두 다릅니다. 말이 달리기를 재빠르게 하려면 몸을 가벼이 해야 하기에 배설물은 물기 없이 동글동글거릴 수밖에 없을 겁니다. 소 또한 자신의 육신을 불려 인간에게 희사하고자 몸을 대책 없이 늘려 배설물도 그것에 비례할 겁니다.

　그리 보면, 인간도 동물도 생긴 모습대로 살아가는 건 아닌지요. 주어진 운명에 순응하며, 차이를 인정하며 살아가는 거지요. 배설물을 밟았다고 투정부리기보단 주위를 돌아볼 일입니다. 이 오름에선 마음의 문을 활짝 열어준 이가 있다는 걸 잊지 말아야 합니다. 누구라도 이런 풍경을 본다면, 나처럼 행복에 겨워 눈물 질금거릴 테니까요.

　소나무 곁을 지나며 잠시 나도 한 그루의 나무가 됩니다. 나무가 위에서 오름의 처음부터 나를 지켜보았듯 스치는 많은 사람의 마음을 엿보았겠지요. 내 뒤를 이어 고개를 땅에 박고 허정허정 뒤따라오는 일행이 보입니다. 문득 어떤 마음으로 걷기를 시작했을까 궁금해집니다. 잃어버린 자아를 찾고자, 아니면 그저 건강과 아름다운 풍경을 보려고. 어쨌든 좋습니다. 목적은 달라도 지친 몸과 마음을 달래며 이 길을 걸었다는 것만으로도 더없는 기쁨이겠지요.

　어느 길이든 내 발로 디뎌야 맥박을 느낄 수 있습니다. 무엇보다 나와 다른 삶의 풍경을 향유할 수 있지요. 닫힘과 열림에 시선의 차이는 커다란 반향을 일으킵니다. 걷기 열풍을 일으킨 '올레길'처럼. 삶의 시선도 이와 다르지 않을 듯싶습니다. 비교가 아닌 생활의 다름을 인정한다면 세상을 살아가기에 수월하겠지요.

그렇다고 가던 길을 포기한다는 소리가 아닙니다. 천명의 길을 내 발로 걷고 걸어가야만 합니다. 걸어야만 그 너머에 어떤 풍경이 기다리는지 알 수 있으니까요. 초원에 드러난 앞선 이의 흔적, 붉은 흙길이 어느 때보다 선명히 떠오릅니다.

『수필과비평』 사색의 뜨락, 2009년 11 · 12월호,
『중부매일』 에세이뜨락, 2009년 12월 18일.

숨비 소리

어디선가 이상한 소리가 들린다. 거센 음으로 들리는가 싶더니 소리는 점점 가늘고 멀어져 간다. 짐승의 울부짖음도 새의 지저귐도 아닌 이 불규칙한 음률은 어디에서 오는가. 소리의 방향으로 주위를 둘러보니 오랜 세월 자리를 지켜온 기이한 바위와 출렁이는 바다 그리고 앞서 간 일행이 멀리 보일 뿐. 소리의 진원지를 알 수가 없다. 바다를 멍하니 바라보다 자리를 떠날 즈음, 바다에서 검은 물체가 불쑥 튀어 오른다. 해녀이다.

나를 사로잡은 건 해녀의 휘파람 소리였다. 해녀의 출현은 바다를 동경하던 유년시절에는 신기한 일이었다. 하지만 지금은 놀랄 정도의 감정은 아니다. 그런데 해녀의 숨소리가 왜 그리 크게 고막을 흔들었던 것일까? 아마도 그들의 숨소리와 맞물렸던 건 아닐까 싶다. 바닷속에서 몸부림치다 잠든 영혼들을 여러 날 마음에 두고 있어서인가. 그 비애를 삭히지 못하고 바다를 접하여 그런가 보다. 천인공노할 기막힌 사건을 듣고 본 사람이라면, 아마도 바다를 감상으로만 바라볼 수는 없었으리라.

걷기 장정으로 해안가 코스를 정한 것이 문제였다. 그들을 떠올리니 걷는 내내 우울했다. 내 감정을 아니 푸른 바다를 본연이 바라볼 수 없다는 걸 확인한 셈 아닌가. 해녀의 휘파람 소리가 남다르게 들렸던 것도, 아마도 그 때문이리라. 천안함 장병들이 어두운 심해에서 죽을힘을 다하여 수면으로 오르는 상상을 해보라. 숨을 참으며 물속 허공을 휘젓는 그 느낌을 온몸으로 체험한다면, 섣부른 감상을 내뱉지도, 감히 상

상도 못하리라. 바닷속 심연에서 장병들의 몸부림은 해녀의 숨비소리와 다르지 않을 것이다. 한낱 소리라 치부할 수 없는 생명의 음률이기 때문이다.

해안가 검은 모래밭을 힘겹게 나아간다. 발걸음은 발목에 돌덩이를 단 듯 무겁다. 땀이 등줄기를 따라 흘러내린다. 바다에 얽힌 여러 상념에 빠져서인가 보다. 그래, 성인이 되면서 나는 바다를 그리워한 적이 없다. 아니 더 정확히 말해 물을 별로 좋아하지 않는다. 그러다보니 물에 관한 한 바닷물이든 강물이든 똑같은 감각으로 다가올 뿐이다. 물속에 들기를 완강히 거부하는 시쳇말로 맥주병이나 다름없기 때문이다.

그렇게 바다랑 연분이 닿질 않았다. 내가 태어나고 머무는 지역 탓도 있으리라 본다. 내륙지방에 살다 보니 바다보다는 산을 더 즐겨 찾고 좋아하게 되었다. 바다를 보려면 큰 마음먹고 자동차로 넉넉히 세 시간은 달려야 했다. 여행지를 정할 때도 거리와 시간을 따져 바다는 애초에 넣지도 않았던 것이다. 그러니 바다랑 가까워질 기회가 있으랴.

한번은 포상으로 독도를 기행할 기회가 찾아왔다. 그러나 역시 육지 촌놈이란 걸 티라도 내는 듯 내심 겁부터 더럭 나는 게 아닌가. 한반도가 태풍권이라 염려가 되었고, 무엇보다 배를 탈 것이 걱정되었다. 아닌 게 아니라 포항에서 일박하는 날, 종일 비가 부슬거렸다. 거기에 비릿한 냄새가 거리를 뒤덮어 비위가 상하여 음식을 제대로 넘기질 못하였다.

촉박한 독도 일정이었기에, 배가 움직이는 이상은 지체할 수 없는

상황이었다. 그저 비가 그치길 간절히 원했다. 다음날 다행히 비는 그쳤지만, 배는 태풍의 여진으로 파도와 함께 심히 출렁거렸다. 배에 올라 자리를 잡자마자 나는 화장실로 직행하여 변기를 애인인 양 껴안고, 항구에 도착할 때까지 그 자세를 바꾸질 않았다. 아니 바꿀 수가 없었다. 흔들거리는 배와 나의 위장은 함께 출렁거려 운신조차 어려웠다. 숨이 턱까지 차오르는 느낌이었다. 지금도 그 기억을 떠올리면 존재의 비루함마저 든다.

　그러니 물질로 생계를 이어온 해녀를 보면 참 대단하다는 생각이 든다. 육지 촌놈은 드넓은 바다를 보기만 해도 멀미가 나는데, 맨몸으로 바다에 들어 해산물을 건져 올리는 그들의 삶이 존경스럽다. 제주도가 고향인 지인의 어머님은 올해로 여든다섯이시다. 그 연세에 아직도 물질하신다니 놀라울 뿐이다. 바다에 몸을 담가야 아프지 않다고 하니 바다는 그녀의 치유의 장이기도 한 것이다. 자식들의 만류에도 아랑곳없이 물질하러 가는 어머니의 발길에 신명이 넘친다고 하며, 어머니는 전생에도 해녀였을 것 같다고 지인은 느린 어투로 말을 맺는다.

누군가를 위하여 기꺼이 온몸을 바쳐 희생한, 그 거룩한 모습은 역사와 고전에서 엿볼 수 있다. 눈먼 아버지를 살리기 위하여 바다에 투신한 효녀 심청이가 그랬고, 나라가 풍전등화 위기에 몰렸을 때 적장을 끌어안고 남강에 투신한 논개가 그러하다. 과연 나는 내가 아닌 그 누군가를 위해 죽음을 각오하고 영혼을 불태운 적이 있던가. 돌아보면 아둔패기처럼 정신없이 앞만 보고 달려온 나이다. 나만을 위한 자유를 갈구한 적은 많다. 그러나 사랑하는 사람과 몸담은 내 나라를 위한 어떤 행위를 해본 적 없다는 것에 고개가 절로 숙여질 뿐이다.

붉은 노을빛으로 젖어드는 바다를 바라본다. 고즈넉한 느낌마저 든다. 해녀의 휘파람 소리에 묻어 장병의 고른 숨소리가 들리는 듯하다. 누군가를 위하여 바다에 주저 없이 몸을 던지는 해녀들이 부럽다. 자신의 의지와 상관없이 억울하게 짧은 생을 마감한 장병들이 자랑스럽다. 바다를 사랑하는 영혼이 바다를 지키고 있기에 더는 두려울 것이 없다. 어머니(해녀)의 생명의 음률인 숨비 소리가 그들의 영혼을 어루만져 줄 것이라 믿기 때문이다.

『월간문학』, 2010년 11월호.

출산기

　매번 볼 수 있는 광경은 아니다. 새벽 4시, 나이 구분 없이 남녀노소 산을 오른다. 특히 장구와 북, 꽹과리 등을 어깨에 메거나 손에 든 사람과 산신제를 올리고자 제물을 든 사람이 눈에 띈다. 그리고 산 아래 마을에선 이방인을 위하여 동네 아주머니들이 떡국을 끓이고 있다. 훈훈한 마음이 느껴지는 새해 첫 새벽 산행이다.

　오직 한 가지 목적을 가진 사람들이 얼어붙은 산을 묵묵히 오르고 있다. 발밑은 거의 반 돌무더기다. 그 위에 눈이 쌓였으니 미끄럽기가 오죽하랴. 손전등으로 발밑을 비추며 엉금엉금 산을 기어오른다. 사람들의 입김으로 얼어붙은 산길을 녹일 기세다. 헛발을 디딜까 긴장한 탓인지 걱정했던 것만큼 춥지가 않다. 아니 새해 소망을 비손하고자 열망에 들떠 추위를 잊은지도 모른다.

어느새 산 정상에는 발을 디딜 틈이 없다. 이럴 때 큰 키가 유리하던가. 사람들 틈새를 비집고 까치발로 서니 대청호를 끼고 도는 능선들이 펼쳐진다. 부드러운 능선 위를 붉게 물들인다. 해돋이의 조짐이 보이기 시작하자, 꽹과리 소리를 신호로 풍물놀이가 한바탕 벌어진다.

붉게 감도는 산등성이를 향하여 고정된 수많은 시선, 그렇게 한 시간 남짓 해가 떠오르기만을 기다리는 사람들의 표정을 둘러본다. 꼭 분만 대기실 밖에서 아기의 탄생을 기다리는 가족들의 표정 같지 않은가. 문득 여동생의 출산이 떠오른다.

언제 나올지 모르는 조카를 보고자 발을 동동 구르던 그날을 어찌 잊으랴. 진통이 시작되어 여동생과 함께 산부인과로 달려가니, 마침 간호사들의 시위로 문을 닫은 상태다. 열 달 동안 출산준비를 잘하여도 병원이 속을 썩이니 기가 찰 노릇이다. 부랴부랴 찾아낸 야간병원은 너무나 먼 거리에 있는 게 아닌가.

친정어머니를 일찍 여의고 집안 대소사에 맏이인 내가 역할을 대신해야만 했다. 어머니의 마음을 따라갈 순 없어도, 나는 어미의 심정으로 동생의 출산을 지켜보았다. 입이 바짝바짝 마르고 마음을 졸이며, 부디 건강하게 순산하기만을 빌고 빌었다.

지금이야 제왕절개로 날을 받아 고통 없이 출산하기도 한다. 두 아이를 순산한 내 경험으로는 이슬이 보이고 오랜 시간 산고를 겪고야 아

미동산 수목원의 가을

니 해돋이처럼 때가 되어야만 탄생의 기쁨을 얻을 수 있다. 그걸 알기에 순산을 고집하는 동생을 바라보는 내 심정을 여성이라면 알고도 남음이 있으리라.

한나절을 밖에서 꼬박 떨게 하고 태어난 조카는 또 딸이었다. 아들을 원했던 제부의 낯빛은 실망이 역력했다. 딸만 여섯을 둔 친정아버지는 자신의 죄인 양 고개를 들지 못했고, 여동생도 말없이 밤새 눈물로 베갯잇을 적셨다. 그걸 바라보는 내 심정도 말로 다 표현할 수가 없었다.

다음날 해산바라지를 해줄 사람이 없는 동생을 우리 집으로 막무가내로 데려왔다. 시어머니와 남편에게 동생의 사정을 말하고 허락받은 터였다. 부부의 돌침대를 내주고 미역국을 한 달여 끓여주며 돌봐주었다. 그래선지 어느 동생보다 깊은 정이 들었다. 지금도 말없이 서로 챙기는 정이 남다르다.

꽹과리 소리에 정신이 번쩍 든다. 주위를 돌아보니 흥에 겨워 어깨를 들썩이는 사람, 언 손을 녹이느라 양손을 비비는 사람과 발을 동동거리는 사람, 무어라 귓속말을 주고받는 연인도 보인다. 그리고 산신제를 지낸 뒤 밤, 대추, 곶감, 떡을 나누는 인정이 넘친다. 모두가 인제 그만 애를 태우고 온전한 해를 출산하길 기다리는 심정이다.

언 손을 호호 불던 그 순간 검은 능선에서 붉은 해가 불쑥 솟아오른다. 동시에 아기의 첫 울음처럼 주위 사람들의 환호가 메아리 되어 내

귓전을 울린다. 이어 풍물놀이가 흥을 북돋운다. 날씨가 좋아 어느 해보다 기막힌 해돋이를 보았다고 산사람은 말한다. 새해라고 뭐 별다른 게 있느냐고 대수롭지 않게 여기며 따라나선 나였으니 복덩어리를 안은 셈이다. 이내 분위기에 동화되어 두 손 모아 가족의 건강을 간절히 빌고 있잖은가.

　　예전 조카의 탄생이 나에게 감동이었듯, 새로이 맞는 붉은 태양이 많은 사람의 심금을 울렸다. 태양은 매일 떠오른다. 날씨 궂은 날은 구름에 가려 해를 보지 못했을 뿐이다. 방금 해를 출산한 자연이 나에게 한마디 툭 던진다. "새해라고 별다른 게 있는 게 아니고, 마음가짐이라고."

『에세이문학』, 2010년 봄호,
『중부매일』 에세이뜨락, 2011년 1월 14일.

나목

산길을 걷다 앙상히 뼈대만 남은 나뭇잎을 발견한다. 잎은 바람의 장난 탓인지 땅에 떨어지지 않고, 이웃 가지에 위태롭게 매달려 있다. 잎살은 누가 갉아먹고, 그 자리에 거미줄만 노닌다. 명맥만 유지한 잎은 바람 불면 금방이라도 어디론가 떨어질 신세라 안타깝다.

잎의 모체인 나무를 바라본다. 졸가리만 앙상히 드러낸 나무들은 수종에 따라 독특한 개성이 보인다. 내 시선이 머문 나무도 제법 큰 나무라 잔가지들이 하늘을 향해 실핏줄처럼 얼기설기 뻗어 있다. 강바람이 불거나 함박눈이 내리면 잔가지들은 부러지리라. 나목에서 허정거리며 산을 오르는 아버지의 모습과 겹쳐진다.

팔순이 넬모레인 친정아버지는 까무잡잡하고 깡마른 체구에 과묵

꽃아카시나무

하신 편이다. 당신의 생각이 옳다면 번복하지 않는 성정이라 어머니도 어려워하지 않았던가. 그런데 지금은 높고 깊은 산처럼 느껴지던 예전 모습을 찾아볼 수가 없다. 연세가 드시니 당신의 불같은 성미도 시르죽고, 딸들이 하자는 대로 묵묵히 따라 주신다. 그런 아버지를 볼 때마다 왜 서글퍼지는 걸까.

딸 여섯을 보배로 알고 평생 딸들을 챙기다 늙어버린 당신이다. 검버섯 핀 손등에 툭툭 불거진 푸른 정맥이 실핏줄처럼 드러난 잔가지 같다. 바람이 숭숭 드나드는 뼈대만 남은 잎맥처럼 살점은 자식들에게 다 주고, 줄가지만 앙상히 남아 묵묵히 겨울을 견디는 나목처럼, 날이 갈수록 야위어 가는 아버지의 모습을 보는 것 같아 눈시울이 붉어진다.

또 벌거벗은 나무는 어머니가 돌아가실 즈음 아픈 기억을 떠올리게 한다. 간호사가 어머니의 혈관을 찾지 못해 여러 번 지르고야, 큰 주사기로 매일 피를 뽑았다. 당뇨병이니 혈중에 당을 매일 검사해야 하는 건 필요한 의료 절차였으나, 피를 뽑을 때마다 어머니를 바라보는 아버지의 표정은 남달랐다. 표정이 굳어져 벌떡 일어나 병실 밖으로 나가는 일이 잦았다. 오랜 투병으로 가칫해져 누워계신 어머니의 모습은 마치 앙상한 나목과 흡사했다.

간호사가 돌아간 뒤에 병실로 돌아오신 아버지는 "웬 피를 그리 많이 뽑아 가느냐."라고 퉁명스레 소리를 지르셨다. 병명이 그러니 어쩔 수 없다는 걸 당신도 잘 알면서 누군가에게 억지소리를 해야만 직성이 풀리시는 듯했다. 병세가 나아질 가능성이 보이지 않는 어머니의 상태에 점점 지쳐가는 증거였다. 아버지의 불같은 성미를 알았지만, 그래도 서운함을 감출 수가 없었다.

어머니가 위독하여 중환자실로 옮겨갔을 땐, 마치 "니가 어머니를 죽였다."라는 표정으로 나를 바라보다가 믿고 싶지 않지만, 급기야 그 말을 쏟아내셨다. 아내를 살리고 싶은 당신의 절박한 심정처럼 나 또한 어머니의 걱정으로 죽을 것 같은 심정이었다. 고장 최고의 병원에서 치료받고자 의사를 찾아가 어머니를 살려달라고 애걸하던 터였다. 맏이로서 애쓴다고 동분서주하는데, 돌아온 말은 생가슴을 후벼 파는 말이었다. 그 말은 한동안 귓전에서 맴돌았고 쉬이 잊히질 않았다.

돌아보면, 당시 맏이에 대한 기대감이 컸던 거였다. 아니, 나는 아버지의 간절한 마음을 읽지 못했다. 꺼져가는 생명의 불꽃을 잡지 못한 애타는 마음을, 당신 자신에게 모질게 표현한 것이다. 아픈 아내를 미리 챙기지 못한 회한과 통한 어린 절규였으리라. 그런 당신의 마음을 조금이라도 이해하려고 노력했다면, 못나게 그 말을 가슴에 품고 끙끙거리진 않았으리라. 나이를 먹고야 그 심정을 조금은 알 것 같으니 이제야 철이 드는가 보다.

주말이면 으레 아버지와 가까운 산에 오른다. 못난 딸은 당신의 건강을 위하여 욕심을 부린다. 당신의 걸음이 느려지면, 아이처럼 그 자리에서 오르막이 힘들다며 투덜거린다. 내 목소리를 들은 아버지는 저

보탑사_ 느티나무

만치서 미소 지으며 나를 기다리신다. 아버지를 위하여 쉬어갈 차례를 만드는 나의 배려인 셈이다. 하지만 점점 그 횟수가 늘어가니 안타까울 뿐이다.

다시 남의 가지에 매달려 흔들거리는 낙엽을 바라본다. 마지막 살점까지 내준 잎맥만 남은 잎이 나무의 생애를 말한다. 이 볼품없는 잎도 가지에서 새싹이 돋아 성성한 잎이 되고, 그 잎들이 온 산야를 푸르고 붉게 물들였던 적 있다. 그래, 성장 과정을 생각지 못했던 것이다. 부모님께서 나를 낳아 키웠듯, 나무와 낙엽은 하나였다. 그 안에는 무한한 생명력과 삶의 진리가 있으며, 원 없이 자연으로 돌아가는 잎은 순리를 따른다고.

나목이 온몸으로 눈보라를 고스란히 맞고 서 있다. 낮에 보았던 잎맥만 남은 나뭇잎도 어느 땅 언저리에 안착했으리라. 이제 당신의 어떠한 소리에도 노여워하지 않으며, 지독한 암호도 풀 수 있는 나이가 아닌가. 방금 '너를 믿는다.'고 당신이 보낸 무언의 눈빛을 기쁘게 수신한다.

『에세이문학』, 2011년 봄호.

4 · 길 떠나기

그대여, 당신도 이 가을 무작정 길을 떠나보세요.
가을의 숨소리를 온전히 들을 수 있을 겁니다.
따사로운 가을 햇살과 풍요로운 들판이 메마른 가슴에 들어와,
며칠간 밥을 먹지 않아도 배가 부를 거에요.
흰 뱀이 스쳐 간 듯 하얗게 길이 난 그 길을 걷다 보면,
딱딱해진 가슴에도 따스한 온기가 돌아 세파에 휘둘리지 않을
기운도 생길 겁니다. 길에서 만난 자연처럼
세상을 편안하게 품을 수 있을 것 같아요.

파수꾼의 휴가

　나는 텅 빈 도시를 지키는 어설픈 파수꾼입니다. 근면 하나 빼고는 내로라 할 것 없는 직장인이지요. 무얼 그리 사수하느라 땀을 흘리느냐고요? 그리 콕 집어 말하면 민망스럽지요. 직장인이면 집과 직장을 오가는 일도, 한여름에 땀 흘리는 일 또한 당연한 일이잖아요. 입추도 말복도 지난 어느 날 문득 바라본 도시는, 텅 빈 듯 조용하고 한가합니다.

　내 입으로 파수꾼이라 지칭했지만, 부끄럽네요. 정녕 이 도시에서 내가 지키고자 하는 게 무엇인지, 누구를 위해 그리 애쓰는지 나에게 묻습니다. 삼박사일이란 휴가를 얻었지만, 어디로 가야 할지 막막해집니다. 인산인해를 이룰 복잡한 바닷가는 생각조차 싫고, 산속 계곡도 흥미 없기는 마찬가지죠. 딱히 묘안도 없으며 휴가지 선정에 퇴짜 놓는 내가 가족은 답답할 겁니다.

지인들이 휴가를 어디서 보낼 거냐고 물을 때 대충 얼버무렸지만, 머릿속에 선명히 그려지는 풍경이 있었지요. 확 트인 푸른 들판에 서 있는 원두막이나 큰 나무 그늘 들마루에 길게 대자로 누운 내 모습입니다. 어르신들이 보고 망측하다고 눈총을 보내도 눈 딱 감고 한 시간, 아

무주 덕유산_ 설천봉

니 십 분만이라도 그런 자세로 버티고 싶어요. 건들바람을 살갗으로 느끼며 졸음에 겨울 때 절로 두 눈을 붙이고, 그러다 심심하면 들고 간 명상 집 『NOW』를 읽으렵니다. 누가 보아도 거창하지 않은 참 소박한 풍경이지요.

일단 산으로 떠나기로 합니다. 단둘이 떠나는 산행은 무슨 재미가 있느냐며, 남편은 오늘도 혼자 산에 오를 친정아버지를 떠올려 모시고 가자고 합니다. 더불어 주말 산행 멤버인 동생네와 사돈어른까지 동반하게 됩니다. 열 명의 산행꾼이 단란하게 떠난 여행, 생각처럼 그림 같은 산행이면 얼마나 좋을까요. 이런 나의 작은 바람은 단 몇 시간도 되지 않아 수포로 돌아갑니다.

향적봉에서 맑은 하늘을 보기란 참으로 어렵답니다. 산에 여러 번 올랐지만, 안개가 자욱한 날이 태반이었지요. 이맘때면 이곳은 초가을 날씨라 여름이 없는 것 같아요. 신선처럼 발밑에 시퍼런 하늘과 흰 구름을 밟고, 때 이른 고추잠자리가 펼치는 군무를 한유하게 바라보며, 아니 아예 자리를 깔고 하늘을 우러르고 싶었죠. 고사목과 굽이진 푸른 능선들을 사진에 담으며 느리게 걷고 한가롭게 풍경을 즐기고자 했지요. 그런데 여동생이 갑자기 배탈이 났습니다. 나는 그것도 모르고 산에서 빨리 내려가자고 독촉하는 아버지를 야속하게만 바라보았지요.

살다보면 되돌릴 수 없는 순간들이 있지요. 배가 고프다는 제부의 말을 못 들은 척 산행을 마치고 점심을 먹는 건데 말입니다. 동생은 어

무주 덕유산_ 향적봉

럽지 않은 산길인데, 힘든 낯빛이 역력했어요. 향적봉은 1,600여 미터가 넘는 고산지대라 빨리 걸으면 숨이 고르지 않다는 걸 몸으로 절로 느낀답니다. 거기에다 위를 가득 채워 몸은 더 무거워진 상태였으니까요. 산행은 무릇 헛된 욕심 버리고 몸을 가벼이 해야만 한다는 걸 알면서 말입니다.

아버지의 성화도 성화지만 동생이 걱정되어 산에서 일찌감치 내려왔지요. 남편은 내일 산행을 기약했지만, 기대할 수 없는 약속이란 걸 이미 알아버렸답니다. 아직도 어딘가 불편해 보이는 아버지의 기색 때문이었지요. 그 모습을 보는 내 마음도 적잖이 불편했지요.

여동생을 배웅하고, 숙소로 돌아와 아버지 건강 상태를 알게 됩니다. 산행 중에 마음대로 소변을 볼 수 없어 불편함을 겪었던 것을요. 이름난 산이라 사람을 피할 수 없으니 급히 볼 일을 해결할 수 없었을 겁니다. 팔순을 앞둔 아버지의 모습은 지난해와 너무도 다르다는 걸 느낍니다. 육신이 쇠로하여, 마음이 더 약해진 듯싶어 코끝이 맵습니다. 우리와 거뜬히 올랐던 산인 걸 떠올리니 가슴이 미어지네요. 젊은 사람은 이름난 곳 다닐 기회가 많으니, 아버지를 열심히 모시고 다니자는 남편의 말이 떠올라 왼편 가슴께가 뜨끔거립니다.

휴가에 혼자만의 시간과 책 읽기요? 한여름에 얼어 죽을 이야기입니다. 덕분에 대가족의 맏이로서 지녀야 할 심성을 다졌지요. 어쨌거나 깨달음을 얻었으니 휴가를 제대로 한 셈 아닌가요. 지금 이 순간 이모와 밤을 지내겠다고 곁에 남은 어린 조카들, 두 녀석이 온 방을 뛰어다닙니다. 조용히 좀 하자고 애걸하지만, 내 말을 들을 리 만무하지요. 그런 나에게 두 남자는 의미 있는 미소를 보냅니다. 청개구리처럼 어디로 튈지 모르는 조카들이 잠들 때까지 곁을 지켜야 할 듯싶어요. 산골의 여름밤은 조카들의 숨소리와 함께 깊어갑니다.

『중부매일』 에세이뜨락, 2010년 8월 20일.

아이들 세상 속으로

팥빙수

　친정아버지와 여동생 단둘이 사는 아파트는 20여 평 남짓하다. 그 집에 식구들이 다 모이면 20여 명이 넘으니 '북적거리다' 는 표현이 맞을 성싶다. 절간처럼 조용한 집에 있다가 오면 적응이 좀체 어렵다. 아이들은 덥지도 않은지 도무지 가만히 있지를 않는다. 땀을 뻘뻘 흘리며 이방 저방 뛰어다녀야 직성이 풀리는가 보다. 어른들은 더위가 더해지는 느낌과 표정을 숨길 수가 없다.

　내 자식을 키울 때는 여러 가지 면에서 부족한 부분이 많았다. 그래선지 남편은 하나 둘 늘어나는 조카에게 남다른 애정을 보인다. 아이들과 뒹굴며 놀아주기도 하고 그러다 지치면 애들이 원하는 장난감을 사주고자 마트로 향한다. 야외로 나갈 때는 어김없이 얼음을 잔뜩 뽑아와 눈깔사탕처럼 나눠주기도 한다. 얼음을 받아먹는 아이들의 표정은 대보름달처럼 환하다. 오늘도 남편은 종횡무진 날뛰는 조카들을 모아놓고 손가락을 걸고 있다. 여느 날과 색다른 약속인 듯싶다.

한 주가 훌쩍 지나고, 남편은 아이들과 약속을 지키기 위해서 분주하다. 팥빙수에 들어갈 재료인 작은 각 얼음, 삶은 팥, 과일 통조림, 찹쌀떡, 초콜릿 시럽, 그 위에 얹을 부드러운 과자를 마련한다. 얼음 가는 기계를 챙겨 드는 발걸음이 가볍다.

친정집에 남편이 나타나자 조카들이 우르르 몰려든다. 그의 인기가 마치 연예인을 보는 듯하다. 뒤따라오는 난 아예 보이지도 않는가 보다. 역시 아이들은 약속을 잘 지키는 어른을 좋아한다. 조카들은 5살에서 7살. 초등생까지 합하면 여섯 명이다. 나이가 어리나 한 살 더 먹으나 먹을 것 앞에선 지기 싫어하는 경향이 있다. 서로 다투어 먹으려고 자리다툼을 한다. 서로 밀치는 상황이 되자 애들에게 일정한 선을 긋는다. 선을 넘어오면 팥빙수를 주지 않겠다고 으름장을 놓는다. 아이들은 문턱에 손을 짚고 상체는 앞으로 기울어져 까만 눈동자를 끔벅거린다. 남편을 바라보는 아이들의 눈동자가 꼭 밤하늘 반짝이는 별 같다.

남편은 자신이 요리사가 된 양 신나게 얼음을 갈고 있다. 딸이 하는 걸 어깨너머로 본 나는 그의 익숙한 조수처럼 손을 움직인다. 얼음 위에 팥, 과일, 찹쌀떡을 적당히 얹고, 우유를 약간 붓는다. 그 위에 달콤한 초콜릿 시럽을 살짝 얹고, 과자를 어슷하게 끼워 넣으면 드디어 팥빙수가 완성된다.

끝까지 얼음만 갈았던 남편이 팥빙수를 만든 양 의기양양한 표정으로 아이들을 흐뭇하게 바라본다. 남편은 이 광경을 즐기려고 아이들과 약속을 즐겼나 보다. 아이들이 옹기종기 모여 맛있게 먹는 모습은 참 시원하다. 팥빙수 한 그릇으로 여름은 저만큼 물러서고 있다.

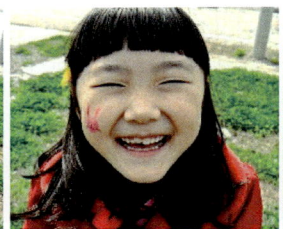

조카 서희

안 돼!

마트에서 사온 물건에 딸린 사은품이 플라스틱 물총이다. 그러나 우리 집에는 물총을 가지고 놀 만한 아이가 없다. 아이들이 부쩍 커버렸으니 조카들 몫이다. 고민스럽다. 어린아이가 있는 집이 여러 집이니 문제이다. 생각 끝에 제일 어린 조카에게 주기로 한다.

아니나 다를까. 어린 조카에게 물총을 주니, 고만고만한 조카들의 시선은 나도 갖고 싶다는 간절한 표정이다. 여동생은 아들이 물총을 받자마자 방에선 "안 돼."라며, 집에 돌아가 욕실에서 물놀이하자고 다짐한다.

식당에서 저녁 식사를 마치자, 장난기가 발동한다. 물이 들어 있지 않은 빈총에 먹고 남은 물을 붓는다. 여동생은 "언니, 어쩌려고 그래. 사람에게 쏘면 어쩌려고……."하며 잔소리가 이어진다. 그러거나 말거나 물총에 물을 가득 채워 아이에게 건네준다.

아이가 신이 났다. 동네 골목이 시끄럽다. 식구들은 물을 맞지 않으려고 여기저기로 뛰어다닌다. 천천히 걷던 남편의 등에 물총을 쏘고 그의 놀라는 표정을 보자 한바탕 웃음보가 터진다. 그러다 모자母子가 합세하여 나에게 물총을 쏘는 게 아닌가. 나는 '이건 아니야!' 라고 말하는 사이에도 물총 세례는 이어진다. 안경 위로 빗물처럼 한줄기 흘러내린다. 내 모습을 본 여동생 부부와 조카는 또 커다랗게 웃는다. 모처럼 뱃살이 당길 정도로 웃었다.

어른들은 사소한 일에도 '안 돼'라는 말을 입버릇처럼 한다. 나도 돌아보면, 여동생처럼 미리 일어날 상황을 연상하여 아이들의 손과 발을 묶어놓았던 것 같다. 지금 조카의 표정은 '안 돼'라고 말을 듣던 그 순간의 일그러진 표정이 아니다.

물을 좀 맞으며 어떠랴. 내가 언제 또 순진무구한 아이들 세상으로 들어갈 기회가 있겠는지. 그리고 배꼽을 잡고 웃어 본 날이 몇 번이나 있었는지. 까만 눈동자가 보이지 않도록 웃어대던 조카의 모습이 아직도 선명하다. 아이의 해맑은 웃음소리가 귓전에 쟁쟁하다.

『중부매일』 에세이뜨락, 2010년 9월 11일.

길 떠나기

길에서 돌아와 가을의 첫 줄을 씁니다.

올여름은 꽤 무덥고 지루했습니다. 예고 없는 폭우가 덮쳐 낮은 곳에 사는 사람들의 마음을 어지럽혔고, 습기로 얼룩진 시간이었죠. 그래서 더 이 계절을 벗어나고 싶은, 잠시라도 일상을 떠나고 싶은 심정에 다다랐는지 모릅니다. 길 떠날 날짜를 정하니 그날이 왜 그리 길게 느껴지던가요.

다시 길 위에 섰습니다. 가족 여행, 예전처럼 어떤 생각도 감정도 일지 않았어요. 지리산 둘레길, 연예인이 직접 소개하여 더 유명해진 길입니다. 하지만 걷기를 좋아하는 난 그저 길이기에 그 길을 걸어야겠다는 생각뿐이었죠. '떠남' 그 자체에 대하여 동의했지만, 모두가 '걷기'

에 찬성한 건 아니었기에 좀 부담이 되었죠. 결국, 완주는 무리여서 자신의 능력껏 걷다가 원점으로 돌아가는 걸로 의견을 모았답니다.

어떤 일을 함에 수시로 일어나는 감정의 술렁거림이나, 감정의 저울질 따위 필요 없는 세상, 과연 그런 세상이 있기나 한 것일까요? 아마 있다면, 바로 이 자리가 아닐까 싶어요. 누구의 간섭도 강요도 눈치도 볼 필요 없는 무념무상의 상태. 그 상태로 길 위를 끝없이 걸어가다 생각이란 것이 생긴다면, 길 위에서 평화롭고 이 자리에 있어 감사하다는 생각일 겁니다. 그리고 감정이 메말라버린, 조그만 일에도 상실감을 느끼며 분노하는 내 모습을 돌아보겠죠.

늘 가슴으로 느끼고 답하고 싶었죠. 그러면 그럴수록 알 수 없는 벽에 부딪혀 숨이 막히는 기분이 들었어요. 일상은 내 생각대로 원하는 대로 가만히 놓아두지를 않았고, '관계'란 이름으로 나의 양 날개를 묶어 은근히 강요당하는 느낌이었으니까요. 그러니 미욱한 사람은 그런 상태에서 헤어나질 못하고, 갈등의 연속선상에서 허우적거릴 수밖에요.

나도 무라카미 하루키처럼 "무엇인가를 생각해야지 하면서도, 무엇을 생각해야 좋을지 알 수 없었다. 게다가 솔직히 말해 아무것도 생각하고 싶지 않았다. 그러는 사이에 무엇인가를 생각해야 될 때가 오겠지, 그때 가서 천천히 생각하자고 나는 생각했다. 적어도 지금은 아무것도 생각하고 싶지 않은 것이다."라고 말입니다.

그래요. 오늘만큼은 아무 생각 없이 걷기 시작했습니다. 논둑길과

지리산 둘레길 2코스

1. 제주올레길 10코스
2, 3. 지리산 둘레길 2코스

고샅길을 두어 시간, 산길을 두 시간 삼십여 분을 걷고 나니 내 몸이 먼저 말하고 있었죠. 담백하고 여유로운 시간이었다고. 길 위에서는 적어도 내가 원하는 자유가 주어졌지요. 가끔은 거리낌 없이 두 팔 벌려 바람을 안았고, 짐승의 포효처럼 기쁨의 환호성도 질렀죠. 나의 두 발로 내 의지대로, 걷고 또 걸었답니다.

노랗게 물든 드넓은 논과 이미 수확하여 바닥이 드러난 논의 대비, 그 채움과 비움의 경계에서 눈가가 실없이 젖어듭니다. 개울 물소리와 들풀 숲에 깃든 풀벌레 소리를 들으며 걷는 길은 더없이 행복했지요. 흰 뱀이 길게 꼬리를 늘인 것처럼 좁은 길 위에서 만나는 물상들은 어느 것 하나 마음에 들지 않는 게 없었답니다. 시골 어디서나 볼 수 있는 그 흔한 풍경 속에서 나 또한 즐겁고 행복할 줄 나 자신도 미처 몰랐어요.

논둑길과 산길에서 마주친 건 시골 풍경뿐이었지만, 그것들은 나의 마음을 마구 흔들고 있었죠. 자연은 손을 내밀어 나의 볼을 어깨를 토닥여주었죠. 어디에서도 느낄 수 없는 은근한 바람의 애무였지요. 어떤 기운이 느껴졌습니다. 바로 이런 걸 두고 소통이라고 하던가요.

한 사람이 평생 내뿜는 이산화탄소를 소화하기 위해선 구백여 그루의 나무가 필요하다고 합니다. 나무들은 조건 없이 그 일을 수행하고 있었고, 그렇게 인간과 자연은 상생하며 살아가고 있었죠. 인간인 내가 모른 척 아니 우리가 계속하여 자연을 모른 척한다면, 어찌 될지 불 보듯 뻔해 겁이 더럭 납니다.

정녕 길 위에선 아무것도 필요 없답니다. 내 마음이 여기에 서 있고, 내 발로 이 길을 걸어가기만 하면 되니까요. 걷고 걷다가 다리에 힘이 빠져 흐느적거릴 때, 추수를 마친 논바닥이 드러난 빈 논처럼 가슴이 텅 빈 느낌이 들 때, 문득 깨달음을 얻게 될 겁니다. 휴지기를 맞은 논처럼 내 정신도 마음도 휴식이 필요하다고. 길 떠나기는 팍팍한 내 삶에

청주_ 우암산의 겨울

여유주기, 매사에 감사하기, 긍정의 힘 되살리기. 잊고 지낸 것들을 되짚으며, 재충전할 기회 주기일 겁니다.

일상으로 돌아와 들뜬 감정을 추스르는 시간 또한 행복했습니다.

그대여, 당신도 이 가을 무작정 길을 떠나보세요. 가을의 숨소리를 온전히 들을 수 있을 겁니다. 따사로운 가을 햇살과 풍요로운 들판이 메마른 가슴에 들어와, 며칠간 밥을 먹지 않아도 배가 부를 거예요. 흰 뱀이 스쳐 간 듯 하얗게 길이 난 그 길을 걷다 보면, 딱딱해진 가슴에도 따스한 온기가 돌아 세파에 휘둘리지 않을 기운도 생길 겁니다. 길에서 만난 자연처럼 세상을 편안하게 품을 수 있을 것 같아요.

『중부매일』 에세이뜨락, 2010년 10월 1일.

가정의 꽃

집안이 산사처럼 조용하다. 거실 창에 걸어둔 풍경이 간혹 스치는 바람에 소리를 낼 뿐이다. 침묵이 감도는 공간을 참다못해 컴퓨터 게임을 즐기는 아들 방을 노크한다. 약간 귀찮은 듯한 표정에 잠깐 기다리라는 말이 날아온다. 딸이었다면 하던 일 멈추고 말 상대를 기꺼이 해줄 텐데 말이다. 이럴 때 보면, 자식은 참 아롱이다롱이다.

우리 식구는 다섯이다. 팔순을 바라보는 시어머니와 다정다감한 남편, 자신의 꿈을 위하여 집을 떠나 기숙사 생활하는 대학 1학년의 딸과 사춘기로 접어든 중3의 아들. 그리고 난 직장생활 이십육 년째 접어든 베테랑 직장인이다.

역시 아이들이 재롱떨던 시절이 좋았던 것 같다. 두 아이가 훌쩍 커버린 오늘을 예상하지 못한 것은 아닌데, 딸이 대학 기숙사로 떠난 뒤 집안은 더 조용해져 절간만 같다. 딸을 시집보내는 것처럼 서운했지만, 전화를 자주하면 된다며 스스로 마음을 달랬다.

그러나 이 모든 생각은 나만의 착각이었다. 딸은 입학하자마자 '하늘의 별 따기'인 취업 걱정에 애를 태운다. 그래선지 전화를 할 때마다 바쁘다고 말한다. 딸은 집에 자주 오지도 못했고, 즐기던 통화도 줄었다. 눈에 보이지 않으니 더 답답하고 걱정만 늘었다. 그러나 이젠 곁에서 도와줄 수 없는 상황이고, 그저 하는 일 잘되라고 마음으로 기도할 뿐. 딸의 전화번호를 누르려면, 한 번쯤 생각해보고 버튼을 누른다.

그나마 곁에 무뚝뚝한 아들이라도 있으니 다행이다. 나의 요리를 평가해주며, 맛있게 먹어줄 녀석이 있어서다. 거기다 내가 필요할 땐 변성기 목소리로 종종 애교도 부린다. 그런 손자를 보며 어머니는 입버릇처럼 하는 말이 있다. "거봐라. 하나 더 낳길 잘했지? 아이들이 없는 집은 싸움한 집 같아."라고 말이다. 이 표현을 이해 못하다가 마흔이 넘어 무시로 실감 중이다. 그럴 때마다 딸 하나만 낳고 그만 낳겠다고 우겼던 그 시절이 떠올라 미소가 번진다.

1980년대 후반, 사기업에서 맞벌이 부부는 그리 많지 않았다. 여성이 결혼하면 으레 그만두는 게 관행처럼 여기던 시절이었다. 그나마 내가 다니는 직장은 그나마 '양반'이었다. 임신하여 두 아이를 낳고 다닌 사람은 내가 처음이었다. 층층시하 여 선배들과 결혼한 남자들의 시선이 따갑게 느껴져도 묵묵히 이겨냈다. 지금도 잊히지 않는 모 상사의 악담, "남편이 얼마나 벌어오지 못하면 여자가 직장생활을 하느냐."라는 기막힌 말은 잊히지 않는다. 다 지난 일이지만, 그 시절 어디에 말도 못하고 속울음 했던 기억이 떠오르면 지금도 입맛이 쓰다.

임신과 출산 휴가, 그 시절 사기업에선 가당치도 않은 일이었다. 몸담은 직장도 만만치 않았다. 막달이 되어 출산 휴가를 내려고 하니, 내 일을 대신할 사람이 없었다. 출산 후에도 집에서 전화로 업무를 처리하였고, 그것도 힘겨워 한 달 반 만에 복귀하였다. 이렇듯 신경 써야 할 일들이 많아 어디 둘째를 낳고 싶은 마음이 들겠는가. 어디 그뿐이랴. 몸조리를 제대로 하지 못하여 엉치등뼈에 까닭 모를 통증이 일었다. 겨울만 되면 고질병으로 괴롭혔지만, 아이들의 재롱을 보고 있노라면 고통은 거짓말처럼 사라졌다.

돌아보면, 내 모습이 대견하여 나에게 상을 주고 싶다. 친정 부모님과 지인이 말리는 맞벌이를 자청한 그 삶을 잘 견뎌내서다. 임신으로 쏟아지는 아침잠을 이기고 통근버스를 타기 위해, 부른 배를 안고 골목

용정산림공원_ 조카들

을 뛰어다니던 일이 아직도 눈에 선하다. 출산으로 진급에서 빠졌을 때, 직장을 포기하고 싶은 심정도 들었다. 하지만 더 멀리 미래를 보자고 마음을 다잡았던 일은 참으로 잘했다. 무엇보다 자기개발을 한 점과 남성을 위시하는 모순된 사회 구조와 관습을 꿋꿋이 잘 참아내서다.

어쨌거나 그때 직장 문제로 아이를 낳지 않았다면, 지금껏 무슨 재미로 살았을까. 상상이 되질 않는다. 아마도 물질적으로는 풍요했으리라. 그러나 아이들이 안겨주는 행복한 고민을 느끼지 못했을 것이다. 시어머니 말씀처럼 집안엔 적막이 감돌리라. 싸움이 난 집처럼 각자 방문을 닫고 지내고 있을지도 모른다.

요즘 경기에 너나없이 어려워 쓰러지는 중소기업이 많다. 거기에 청년들의 실업자 수도 엄청난 숫자라고 연방 매체를 통해 듣는다. 그러니 직장에서 여성들이 어찌 자리를 마음 편히 비울 수 있으랴. 그래도 지금은 예전과 다르게 출산 휴가도 많고, 육아 휴직도 낼 수 있으니 다행이다. 지금도 어디선가 예전의 나처럼 자녀 출산으로 고민하는 맞벌이 부부가 많을 것이다. 나에게 고민을 풀어놓는다면, 무조건 아이를 가지라고 귀띔해주리라. 덧붙여 출산도 때가 있다고 말해주고 싶다.

요즘은 딸의 빈자리를 조카들이 메운다. 여동생의 자녀는 셋이다. 동생 부부는 키우기 어렵다고 푸념하지만, 난 동생네가 더없이 부럽고 다복해 보인다. 힘겨워하는 맞벌이 동생을 도울 겸, 적적함도 달랠 겸 매주 조카들을 집으로 부른다. 책도 함께 보고, 맛있는 음식도 먹으며, 조카의 손을 꼭 잡고 산책도 즐긴다. 남편과 난 지난날 생활에 찌들어 자식에게 못했던 부분을 조카에게 쏟기라도 할 양 정성을 다한다.

어찌 보면, 두 아이는 나를 이 자리에 굳건히 있게 한 장본인이다. 힘들 때나 기쁠 때나 해맑은 모습으로 생기를 불어넣어 주었다. 집안에 분위기를 수시로 바꾸며 부부간의 정을 북돋았다. 그리 보면 아이들은 가정의 꽃이다. 더 나아가 국가의 버팀목이다. 그 꽃이 뿌리를 제대로 내릴 수 있도록 울타리가 되어 애지중지 섬겨야 할 듯싶다.

뿌리 깊은 나무

세 남자와 소나무 숲길을 걷고 있다. 정상에 이르는 길은 여러 갈래지만, 약수터에서 오르는 이 길을 참 좋아한다. 오르막이 이어져 등줄기에 땀이 흐르면, 무거웠던 몸도 가벼워지고 기분도 상쾌해진다. 스치는 풍경도 일품이고, 아버지에게 힘들다며 쉬어가자는 엄살을 부려도 애교로 보이기 딱 좋은 코스이다.

그런데 이게 웬일인가? 좁은 산길을 가로막고 드러누운 소나무를 발견한다. 이곳을 지나는 사람들을 낱낱이 지켜보던 소나무가 아닌가. 솔잎들이 성성한 걸 보니 쓰러진 지 얼마 되지 않은 듯싶다. 세월의 풍상에 꺾임 없이 청청하게 서 있을 나무라 여겼는데, 이럴 때 무엇이 문제인지 나무의 언어를 들을 수 있는 귀가 있다면 얼마나 좋을까. 뿌리

우암산_ 소나무

째 뽑힌 소나무에 놀라움과 안타까움에 그 주변에서 한참을 서성이다 발길을 돌렸다.

엊그제 내린 폭설 탓인가 보다. 소나무가 어찌 허깨비처럼 뿌리째 뽑힐 수가 있을까? 겨울의 정취를 물씬 느끼고, 시련을 겪고 나서도 변치 않음을 상징하는 세한삼우歲寒三友가 대나무와 매화나무 그리고 소나무가 아니던가. 그런데 저렇게 가볍게 쓰러지다니……. 뿌리 깊은 나무라면 저리되지도 않았을 거다. 사람들은 자신과는 아무런 상관없는 듯, 무에 그리 바쁜지 쓰러진 나무를 무심히 스쳐간다. 이런저런 생각이 많아지는 순간이다.

며칠 전 진눈깨비가 내려 도로가 질척이더니, 저녁에 함박눈으로 바뀌어 하늘 아래 모든 것들을 하얗게 덮어버렸다. 다음날 출근길엔 눈꽃 세상이 펼쳐져 환호성을 지르며, 마지막 눈꽃을 볼 기회라고 마음이 들떴다. 그러나 그림의 떡, 산으로 달려가는 자유인을 동경하며 구속된 처지를 한탄으로 끝이 났다. 폭설이 소나무 숲에 드리운 불길함을 소인이 어찌 알 수 있으랴.

산 위로 갈수록 소나무 잔가지들이 부러져 여기저기에 나뒹군다. 산중에서 살아본 적 없어 폭설이 내리거나, 폭우가 훑고 간 뒤에 산의 참 모습을 볼 기회가 없었다. 진정 그 말이 맞는 듯싶다. 눈이 하염없이 내리는 날이면, 나뭇가지 부러지는 소리에 산중의 정적이 무너진다는 소리를. 그 소리 때문에 잠을 이룰 수 없다는 지인의 말이다.

폭설로 산의 모습은 정녕 여느 때와 다른 풍경을 보여준다. 한바탕 소동을 일으키고 난 후에 잔해처럼 널브러진 성성한 어린 가지를 보며 자연은 참으로 냉정하다고 느낀다. 절기상 해토머리인 점도 있지만, 나무를 저만큼 키우려면 수많은 세월이 흘러야 한다는 걸 알기 때문이다.

나무들의 발밑을 살피니 소나무는 낙엽송과 다르게 뿌리가 땅 위로 돌출되어 있다. 사람들의 수없는 발길질도 문제지만, 땅속 깊이 뿌리를 내리지 못한 상태이니 어찌 많은 적설량을 견디겠는가? 무거운 눈을 이기지 못한 잔가지와 줄기를 단단히 채우지 못한 나무 또한 허리에서 뚝 부러져 있어, 자연의 힘이 대단하다는 걸 다시금 깨우친다. 이 모두가 우리가 편안하자고 만든 문명 때문이란다. 나날이 남극의 빙하가 녹아내리고, 바다의 수온은 높아져 이상 기온 현상이 이어진다니 깊게 자성할 일이다.

사계절이 뚜렷하던 우리나라도 온난화로 봄과 가을이 사라질지 모른다고 한다. 아름다운 두 계절을 제대로 느끼지 못한 채 흘러간다고 여기니 안타까울 뿐이다. 이 모두가 과욕을 부린 탓이다. 다가올 미래의 환경을 예감하면서 그를 외면한 결과다. 심한 몸살을 앓고 있으면서도 말없이 가지 끝에 새움을 준비하는 나무들. 긴 겨울을 이기고 고개 내민 꽃망울의 낯빛은 맑기만 하다. 인간은 작은 상처에도 불편해하며 포기를 생각할 텐데 말이다.

오르막에서 유난히 숨 가빠하는 아버지의 모습을 본다. 지난봄에는

우암산_ 소나무

청년처럼 오르내리던 산길인데, 당신이 먼저 바닥에 앉아 쉬고 있다. 얼마 전 갑자기 쓰러지신 후유증인 듯싶다. 앞으로 아버지와 이런 멋진 산행을 몇 번 더 할 수 있을까? 진정 바쁘다는 핑계 달지 말고 아버지랑 함께 하는 시간을 자주 가져야겠다는 다짐을 또 한다.

산길을 걸으며 잃어버린 초심으로 돌아간다. 내가 자연의 일부분이라는 걸 증명하는 셈이다. 힘없이 쓰러진 나무는 삶의 중심으로 들어가 지금 중요한 일이 무엇인지, 주위를 둘러보라고 하는 것 같다. 부질없는 일에 목숨을 내놓고 매달릴 것이 아니라, 나에게 가장 소중한 것이 무엇인지 깨우쳐 순간순간을 잘 살아내는 일이다. 부디 뿌리 깊은 나무처럼 내 삶도 사유도 깊어졌으면 한다.

뒤늦게 목표지점에 다다르니, 쉼터 의자에 앉아 미소 짓는 세 남자가 보인다. 나를 세상 빛을 보게 한 아버지와 힘겨울 때 어깨를 내주는 남편, 모처럼 산행에 따라나선 아들이다. 뿌리 깊은 나무처럼 내 곁에 있으니 든든하다. 하지만 물기 잃은 고목처럼 야위어 가는 아버지, 당신의 자리를 흔들림 없이 지켜주었으면 하는 마음만 간절할 뿐이다.

『중부매일』 에세이뜨락, 2010년 3월 26일.

키코 폭탄

연일 환율 전쟁이었다. 그즈음 경제 신문을 들추면 듣지도 보지도 못한 단어, '키코' 란 단어가 지면을 도배하였다. 여기저기서 앓는 소리가 들리는 듯했다. 성장 가도를 달리던 멀쩡한 기업이 하루아침에 흑자 도산이라니, 믿을 수 없는 일이었다. 사상자가 얼마나 더 속출할지는 아무도 모르는 상황이었다.

'키코' 는 나에게도 손짓했던 금융상품이 아니었던가. 그날을 떠올리니 순간 등줄기에 오싹했다. 여러 은행이 나서서 홍보하였던 상품이란다. 나한테도 은행 직원이 환율변동 관한 어떤 이야기를 했던 것 같다. 그러나 전혀 알아들을 수 없는 말이기에 시큰둥하였다. 환율에 문외한인 나는 선뜻 마음이 내키지 않았다. 그렇게 차일피일 미루다 잊고 지냈다.

　결국, 게으름이 나를 살린 격인가. 아니 솔직히 말해서 주식이나 환율은 엄두를 내지 못하는 분야이다. 고수도 머리를 흔드는 그 분야를 일반인인 내가 환율이 1,500원대로 치솟을 줄 어찌 알았으랴. 이런 환율변동에서 위험을 최소화하고자 시판한 상품이라고 들었다. 어쨌거나 은행에서 안전 상품이라고 떠벌였으니 환율에 민감한 기업들이 유혹의 손을 뿌리칠 수 없었으리라. 그러나 '키코'가 자신의 발목을 잡을 줄 그 누가 알았으랴.

　순간, '환율 흐름을 알면 누구나 떼돈 번다. 뜬구름 잡는 인생은 살지 마라'고 했던 어른의 말씀이 스쳐 갔다. '키코' 사태가 벌어진 데는 양자의 책임이 있다. 뉴스와 신문을 접하니 기업의 자금 담당자들이 상품에 정확한 장·단점을 제대로 알아보지 않고 은행원의 말만 믿고 가입한 것이다. 은행원 또한 실적을 올리느냐 급급해 자세한 상황을 알리지도 못한 상태였으니 말을 하여 무엇 하랴.

　이제 와서 그 누구를 원망하랴. 그러나 적어도 상품을 팔기 전에 자세한 설명과 거기에 수반되는 위험성을 살펴야 했다. 영업사원이 실적을 올리기 위하여 막무가내로 상품을 팔았다고 하지만, '키코' 환율 손실로 기업의 존망을 좌우한다니 참으로 아이러니하다. 아무리 생각해 봐도 용납할 수 없는 부분이 있다. 다년간 성장한 기업을, 아니 그들의 일자리를 하루아침에 빼앗을 수 있던가. 그리고 기업의 세수를 챙기는 국가 경영에도 적잖은 손실이 따라올 것이기 때문이다.

이런 사례는 우리 주변에 다수 있는 것 같다. 증권사 직원의 말만 믿고 수억 원을 맡겨 주식을 산 사람의 일이다. 본인이 모르는 사이에 불법을 저질러 금융감독원에 불려 간 사람도 보았다. 어디 그뿐이랴. 보험설계사 말만 믿고 가입하였다가 정작 큰일을 당했을 때, 보험 혜택을 받지 못한 일은 허다하다.

이 모두가 '소 잃고 외양간 고치는 격'이다. 가입 당시 금융파생 상품의 약관을 꼼꼼히 읽어보지 않은 탓이다. 또 하나 간과된 사항은 은행에서 손실가능성에 대한 언급이 없었던 부분이다. 사전엔 국가의 제재가 필요하지 않을까라는 생각을 해본다. 소리 없이 주저앉거나 사라진 수많은 중소기업을 생각하니 기가 막힐 따름이다.

'키코'는 시판 당시에 문제가 있는 상품이라는 소리를 들었다. 법적으로도 기업과 은행, 쌍방의 손실로 판결을 내렸다. 이 정도 사태라면, 상품을 승인 시 기관도 문제가 있었다는 생각이 든다. 좀 더 세심하게 기업을 배려하고 파생될 문제를 감지했어야만 했다.

그리고 금융권은 문턱을 낮췄다고 하지만, 아직도 먼 이야기처럼 들리는 이유는 무엇일까. 자금이 필요할 시에 따른 은근한 꺾기 요구와 부자들의 은행 금리는 그들이 원하는 대로 주어지는 실정이 아닌가. 반면에 일반인은 은행 창구에서 금리 절충은커녕 주는 대로 받을 수밖에 없다. 그리 보면, 금융권 문턱이 높다는 걸 시인한 셈이 아닌가.

'키코' 사태는 영업 원의 말을 맹종한 탓이다. 부디 일반인에게도 금융상품이 쉽게 이해할 수 있도록 상세히 설명되어야 할 것이다. 소비자도 어렵다고 멀리할 것이 아니라, 상품을 제대로 알 때까지 묻고 또 물어야 한다. 은행도 동네 마트처럼 친근하게 오가는 사이면 어떨까 싶다.

남의 불행이 나의 행복이라고 하는 사람이 있듯, '키코'로 웃는 사람도 있으리라. 그러나 아픈 사람에게 더 마음이 가는 것이 인지상정 아닌가. 상처 입었다고 좌절치 말고 더 탄탄하게 서길 기원한다. 남이야 어떻든 나 혼자만 잘 살아보겠다는 이기적인 생각은 버리자. 무엇보다 하루빨리 선진금융기법을 받아들여 은행과 기업, 그리고 국민이 서로 상생할 수 있는 금융상품을 내놓았으면 하는 바람이다.

기업의 살림을 맡은 나는 보수적으로 운영하는 편이다. 돌아보면, 나의 무지가 '키코'를 이긴 셈이지만 키코 폭탄이 터진 그날을 떠올리면, 아직도 가슴을 쓸어내린다.

바람꽃에 스러진 과수원

그녀가 부러웠다. 형제가 단출한 것과 책장에 많은 책이 그렇다. 부러운 것이 어디 한두 가지랴. 아주머니는 언제나 인자하고 부드러웠다. 무엇보다 복숭아가 주렁주렁 열리던 과수원이 부러웠다. 중학교 동기인 그녀는 과수원집 둘째 딸이었다.

우리 집과는 달라도 많이 달랐다. 식구 수가 자그마치 할머니까지 열 명, 대가족이었다. 많은 책과 책장을 갖는 건 엄두도 못 냈다. 어머니는 우리를 혼꾸멍내다 목청이 커져 버렸다. 축사에는 돼지 새끼들이 해마다 늘었다. 나는 딸 부잣집 맏이였다.   학교에서 돌아오면, 그녀는 숙제를 마치고 토끼풀을 뜯으러 들로 나갔다. 그 시간에 나는 어린 동생을 돌보거나, 고약한 냄새 풍기는 돼지 울안 청소를 하였다. 누가 청

소를 시킨 것도 아닌데 자연 그리되었다. 그녀와 나의 일상을 가끔 겨
끔내기로 했으면 좋겠다고 터무니없는 생각도 하였다.

어머니는 생활에 도움이 된다면 가만히 계시질 않았다. 돼지 40여
마리를 손수 키우는 것도 모자라 막일도 마다하지 않았으니 말이다. 대
부분 과수원집 일이었고, 풋복숭아를 솎는 일부터 봉지 씌우기, 수확까
지 거들었다.

어머니가 과수원집 일을 한 날은 어김없이 과일 한 바구니가 따라왔
다. 성한 과일은 한 개도 보이질 않았다. 비바람에 떨어진 과일이 아니
면, 흠집 나거나 벌레 먹은 복숭아였다. 물러 터진 복숭아를 먹다가 하
얀 벌레가 꿈틀거리는 걸 보면, 지금도 소름이 쫙 돋는다. 벌레를 보고
'성한 복숭아를 먹고 싶다.' 고 인상을 찡그리던 나에게 어머니는 '복숭
아 벌레는 먹어도 괜찮고, 피부가 고와진다.' 고 말하던 웃지 못할 기억
이 떠오른다.

먹을거리가 풍부하지 못한 그 시절, 흠집 난 복숭아도 과분했다. 그
래도 나는 친구네 복숭아를 얻어먹는 게 싫었다. 어머니가 그 집에서
일하는 것이 내 알량한 자존심을 건드렸기 때문이다. 가끔 어머니에게
짜증을 부리기도 하였다. 그 집에서 온전한 복숭아를 버젓하게 사오고
싶었지만, 마음뿐이었다.

그나마 내 자존심을 허락한 한 가지는 보고픈 책을 마음껏 빌려볼
수 있는 거였다. 어머니도 책을 꽤 좋아하셨다. 과수원집에서 책을 빌

용정산림공원 부근_ 과수원

려올 때는 으레 어머니가 읽는 것처럼 빌려 오곤 하였다. 친구에게 아쉬운 소리 않고 빌려 볼 수 있는 가장 좋은 방법이었다. 방학이면, 그 집 책장에 진열된 책들이 우리 집으로 분주히 오고 갔다. 나에게 책 읽는 행위는 궂은일에서 오는 피곤을 잊게 하는 처방약이었다. 불안한 미래를 희망으로 바꾸는 또 다른 세계를 잇는 유일한 출구였다. 백열등 아래 시간 가는 줄 모르고 독서삼매에 빠져들었다.

그때가 바로 인생의 전환점이었다. 고등학교 지원을 그녀는 인문고로, 난 내 형편을 알기에 실업고로 갈 수밖에 없었다. 그 후 간간이 어머니에게 그 집 소식을 들었다. 내가 직장에 들어갈 때쯤, 그녀는 대학에 들어갔다. 그즈음 그녀와 멀어질 이유가 없는데 자연스레 멀어진 것은, 대학을 바로 가지 못한 내 자존심 때문이었으리라.

과수원집에 바람꽃이 일었다. 우리가 보기에 누구도 부럽지 않은 친구 어머니가 농약을 먹었다는 믿기지 않는 소식이었다. 어머니는 아주머니가 자신의 컷속을 드러내지 않아 몰랐다며 침통한 표정을 지으셨다. 과수원집 대문에 걸린 초상을 알리는 등을 보았다. 겁이 많은 나는 한동안 혼자 밤길을 나서지를 못했다. 그러니 집을 찾아갈 용기도, 친구 얼굴을 제대로 볼 엄두가 나질 않았다.

'과수원댁이 어찌 이어온 과수원인데 그걸 팔아…….'

동네 어른이 혀를 끌끌 차며 자신의 일처럼 아쉬워하는 소리였다. 선대부터 이어온 과수원을 아주머니 홀로 굳건히 지켜왔던 것이다. 동네에선 아주머니를 그리 만든 장본인이 아저씨라고 여겼으니 일손을 구하기 어려웠으리라. 바람난 아저씨 혼자는 감당하기 어려웠던가 보다. 그리고 아주머니 탈상이 끝나기 전에 새어머니를 들인 과수원집에는 아저씨와 새어머니만 남고, 자녀는 분가하였다.

과수원에서 아주머니가 사라지자, 동네의 풍경은 급속도로 변해갔다. 그림 같은 과수원이 소솜에 무너졌다. 골목의 살피꽃밭은 불도저에 의해 흙속에 파묻혔다. 복숭아나무가 마구잡이로 뽑혀 뿌리가 흩어졌고, 밤낮으로 중장비와 흙을 실은 덤프트럭이 굉음을 쏟아냈다. 바람은 뿌연 먼지를 집집이 창틀로 마당으로 실어왔다. 동네 사람들은 마음의 빗장을 채우듯 창문을 닫고 지냈다. 과수원 자리에는 고층아파트가 들어서고 있었다.

과수원 터에 빼곡히 들어앉은 아파트를 바라보니 답답하다. 그럴 때는 이내 눈을 감고 추억에 잠긴다. 연분홍 복사꽃이 흐드러지던 과수원과 비료 포대로 눈썰매를 신나게 지치던 유년시절이 내 안에 있기 때문이다. 과수원은 우리들의 훌륭한 놀이터였으며, 순수 감성을 간직하게 한 잊지 못할 장소이다. 무엇보다 그 시절 복숭아만큼 다디단 복숭아를 먹어 본 적이 없다. 앞자락에 과즙을 줄줄 흘리며 왁작거리던 시절이 그립고 그립다. 그날의 풍경을 이제 어디서 찾으랴.

지금도 탐스런 복숭아를 보면 과수원집 일들이 암암하게 그려진다. 그녀에게 바로 달려가 슬픔을 위로해주지 못한 내가 미울 뿐이다. 내

삶의 바탕이 된 책 빚이 떠올라 마음이 무겁다. 주말에는 잘 익은 복숭아를 들고 과수원집을 찾아가리라. 그녀를 만나 그동안 못다 한 이야기를 밤새 풀어놓고 싶다.

『문학나라』, 2009년 겨울호.

사랑합니다

줄가리 틈새를 다문다문 메운 분홍빛 무리가 흔들거립니다. 희끄무레 말라버린 듯 서 있던 나무들이 금세 생기가 돕니다. 그런데 그것이 무엇이기에 발가벗은 나무들 허리쯤에서 어른거리는가요. 그 빛깔을 따라 발걸음을 옮겨봅니다. 비탈진 곳이라 오르기 힘겹지만, 가까이서 보고픈 마음에 한달음에 다가섭니다. 갓 피어난 진달래꽃 무리입니다.

산중에 사랑의 꽃불이 일었나 봅니다. 나무끼리 사랑을 나눈다 하면 우스갯소리 늘어놓는다 하겠지요. 아니 핀잔을 맞을지도 모를 일입니다. 꽃이 피고 지는 건 자연의 이치이거늘, 때아닌 사랑 타령이냐고 말이에요. 그러나 그리 볼 일만은 아닌 것 같아요.

진달래가 많은 산은 하루가 다르게 붉게 물들어가고 있어요. 누가

시킨 일도 아닌데 잿빛이던 산중이 이토록 환해질 수 있던가요. 쓸쓸하게 느껴지던 빈산에 따스한 기운이 감돕니다. 한 무리 진달래꽃은 꼭 사랑에 빠진 봄 처녀의 수줍은 양볼 같아요. 분홍빛은 사랑의 빠진 사람처럼 마음을 들뜨게 하는 힘이 있는 것 같아요.

순간 이런 생각에 다다릅니다. 인간의 삶은 사랑 때문에 울고 웃는 게 아닌가 싶어요. 어려운 환경을 사랑의 힘으로 꿋꿋이 이겨낸 사람도 많습니다. 그러나 뜻하지 않은 고통으로 자신의 목숨을 버리는 사람도 있지요. 어떤 사랑을 하느냐에 따라 다른 결과를 낳지만, 아무튼 그 힘

작두산의 봄

이 위대하다는 걸 익히 알고 있습니다.

　김소월 시인도 오죽하면, 사랑의 피맺힌 한을 진달래꽃에 비유했을까요. 분홍색이 주는 이미지가 분명하게 그려지지 않지만, 신비스럽고 미묘한 황홀감에 빠지게 하는 무언인가가 있는 것 같아요. 그래서 시인도 원치 않는 사랑의 고통을, 그 시절 산중에 흔하게 핀 진달래를 그 대상으로 삼지 않았을까 싶습니다.

　사랑을 빛깔로 표현하라면 아마도 분홍색이 선호될 듯싶습니다. 첫 대면에 분홍색 옷을 입은 사람이라면 우선 마음이 놓입니다. 색이 주는 환하고 고운 이미지가 부드럽고 편안하게 느껴지기 때문이지요. 그 사람의 성품은 모르지만 조용하고 따스한 사람일 것 같은 생각에 섭니다.

　또 지는 꽃잎들을 바라보면, 애잔하기 그지없습니다. 목련꽃이 서서히 땅에 떨어져 추레하게 지는 것과 다르게 진달래꽃은 어느 순간 떨어져 쉬 시들어버리지요. 얇은 꽃잎의 가장자리가 배배 말려 어디론가 사라져 버립니다. 시인은 아마도 진달래의 생태를 제대로 알고 취했던 듯싶어요. 그러니 '가시는 걸음걸음 놓인 그 꽃을' 어찌 '사뿐히 즈려밟고' 갈 수 있겠습니까. 화자는 차마 행할 수 없는 일을 얇디얇은 꽃에 비유하여 그 절절한 마음을 사랑의 역설로 표현한 것이지요.

　진달래꽃이 산마다 지천으로 피어납니다. 그래선지 학교에서도 사랑의 말이 유행처럼 번지고 있습니다. 얼마 전 새 학기가 되어 선생님

대청호가 보이는 작두산

과 첫인사 자리에 섭니다. 학교에선 "안녕하세요."가 아닌 "사랑합니다."라는 인사로 하루를 시작한다고 하네요. 처음 본 자모의 얼굴을 마주 보고 "사랑합니다."라고 인사를 나눕니다. 그 인사가 왜 그리 어색한지 목소리가 절로 작아집니다. 결국, 선생님은 아이들보다 목소리가 작다고 크게 다시 해보라고 권합니다.

"사랑합니다."

이 황홀한 고백을 언제 어디서나 하라는 선생님의 주문입니다. 처음에는 낯설지만, 자꾸 하면 입에 달게 붙는다나요. 공부만 알고 컴퓨터를 친구로 여기는 아이들에게 친근한 관계 맺기와 따스한 감성 소유자로 바꿔보려는 발상이지요. 그저 고마울 따름입니다. 나 또한 집에 돌아와 똑같이 해보려고 노력하지만, 바쁘게 살다 보니 잊어버리는 때가 더 많답니다.

지금쯤 산에는 불붙은 양 진달래가 만발했을 겁니다. 김소월 시인의 고향인 영변군 약산에도 꽃이 피었겠지요. 그리 믿고 싶습니다. 그러나 그곳이 핵무기를 만드는 장소라지요. 인류를 멸망시키는 핵이 아닌 사랑의 핵을 만든다면 더없이 좋겠어요. 어서 그들의 메마른 가슴에도 사랑의 꽃불이 일었으면 좋겠어요. 진달래꽃 감흥에 젖어 평화의 손을 내민다면 더 바랄 일이 없겠습니다.

　철없는 나이도 아닌데, 진달래꽃 무리에 제가 더 심취했나 봅니다. 어느 선사의 말씀이 삶은 고행이랍니다. 그러나 어떤 상황에서도 사랑의 마음을 나누는 시간이 되었으면 좋겠습니다. 이참에 주위에 초강력 사랑의 바이러스를 퍼트리렵니다. 어느 시인의 시구처럼 "어둠 속에서도 훤히 얼굴이 빛나고, 절망 속에도 키가 크는 그 한마디의 말"을요.

　"당신을 사랑합니다!"

『중부매일』 에세이뜨락, 2010년 5월 14일.

·출 사 지 정 보 ·I·N·F·O·R·M·A·T·I·O·N·

017 바람이 남긴 것 | **충북 청주시**_ 우암산 오르는 길

020 바람이 남긴 것 | **충북 청주시**_ (주)대원 잔디밭

023 생각이 돌다 | 청원군립 대청호미술관

026 생각이 돌다 | **충북 청주시**_ 상당산성 산길 장승

030 드러누운 나무 | **경북 안동시**_ 도산서원 왕버드나무

033 드러누운 나무 | **충북 청원**_ 방죽골(여름과겨울) 왕버드나무

039 우스갯소리 | **충북 보은군 구병리**_ 메밀꽃축제

042 틈의 변 | 제주올레길 8코스_ 주상절리

047 교두각시 | **충북 보은군 구병리**_ 메밀꽃축제

054 살아 있는 화석 | 경기도 양평군 용문사_ 은행나무(천연기념물 제30호)

056 토우 | 제주김영갑갤러리 두모악_ 토우

064 옛집 | 서울시 성북동_ 최순우옛집(시민문화유산1호)

076 무작정 따라잡기 | 작가의 집_ 냉장고, 싱크대 내부

081 가늘은 골목길 | **충북 청주시 수동**_ 수암골 벽화

087 성곽 | **충북 청주시**_ 상당산성의 봄, 여름, 겨울

095 내가 몰두하는 것 | 제주절물자연휴양림_ 내 모습

105 숨은 목각상 | 인천 차이나타운 거리 토촌_ 목각상

116 잠 | **충남 보령시 오천면**_ 장고도

121 무심천 | **충북 청주시**_ 무심천의 가을

토우 (이은희 소장) | 기도하는 소녀 **125**

충북 청주시 흥덕구_ 청주산업단지관리공단 내 | 도시의 노을 **131**

제주올레길 1코스_ 알오름 | 차이 **136**

제주올레길 10코스 | 숨비 소리 **141**

충북 청원군_ 미동산수목원 조카를 업은 제부 | 출산기 **147**

충북 청주시 산남동_구룡산 꽃아카시나무 | 나목 **151**

충북 진천군 진천읍 연곡리_보탑사 앞 느티나무 | 나목 **154**

무주 덕유산_ 설천봉 | 파수꾼의 휴가 **159**

무주 덕유산_ 향적봉 | 파수꾼의 휴가 **161**

조카 서희 | 아이들 세상 속으로 **166**

지리산 둘레길 2코스(가을) | 길 떠나기 **171**

① 제주올레길 10코스, ②③ 지리산 둘레길 2코스(가을) | 길 떠나기 **172**

충북 청주시_ 우암산의 겨울 | 길 떠나기 **174**

충북 청주시_ 용정산림공원 조카들 | 가정의 꽃 **179**

충북 청주시_ 우암산 소나무 | 뿌리 깊은 나무 **183**

충북 청주시_ 용정산림공원 부근 과수원 | 바람꽃에 스러진 과수원 **194**

충북 청원군_ 직두산의 봄 | 사랑합니다 **199**

충북 청원군_ 대청호가 보이는 직두산 | 사랑합니다 **201**

이은희 수필집

성깍이들다

초판인쇄   2011년 7월 20일
초판발행   2011년 7월 25일

지 은 이   이은희
발 행 인   서정환
발 행 처   수필과 비평사

출판등록   1984년 8월 17일 제28호
주   소   서울시 종로구 익선동 30-6
           운현신화타워 빌딩 2층 209호
전   화   (02) 3675-5633, (063) 275-4000
팩   스   (063) 274-3131
E - m a i l   essay321@hanmail.net

값   12,000원
ISBN 978-89-5925-885-7   03810

※ 이 책은 충청북도 문화예술진흥기금을 일부 지원 받아 발간하였습니다.